Andreas Schindl

Die Verspätung

Erzählung

Andreas Schindl

Die Verspätung

braumüller

KULTUR
NIEDERÖSTERREICH

Gefördert durch das Land Niederösterreich

Bibliografische Information der Deutschen Nationalbibliothek
Die Deutsche Nationalbibliothek verzeichnet diese Publikation in der Deutschen Nationalbibliografie; detaillierte bibliografische Daten sind im Internet über http://dnb.d-nb.de abrufbar.

1. Auflage 2020

Servitengasse 5, A-1090 Wien
www.braumueller.at

Illustration Cover: shutterstock/© Norma Meoni
Druck: EuroPB, Dělostřelecká 344, CZ 261 01 Příbram
ISBN 978-3-99200-267-2

Dem Andenken meiner Frau Claudia

27.II.45

Meine Lieben.

In meinem Schreiben seit herzlich gegrüßt. muß euch leider mitteilen das ich ab 1.III.45 von Zneim weggehe aber ich weiß noch nicht wohin. darum dürft mir einstweilen nicht mehr Schreiben. was das Gewand anbelangt habe ich recht schlechtes. weiß nicht, wohin ich meine kleider packen soll. leider muß ich Schluß machen da es schon 10h ist.

auch heute haben wir den ersten Alarm 6 Stunden. auch wäre es schon Zeit das ich von euch was erfahren kann.

so seit einstweilen ser brav und bleibt gesund. auch ich bin noch ganz gesund und sorgt euch nicht, es alles wieder einmal besser werden.

So seid nochmals recht herzlig gegrüßt. Vatter

***

Am frühen Nachmittag des achtzehnten August 1931 setzten bei Mizzi Schindl, geborene Reiter, die Wehen ein. Zunächst hatte sie gedacht, dass sie etwas Falsches gegessen hätte, denn bis zu dem vom Gemeindearzt berechneten Geburtstermin waren es noch gut drei Wochen hin. Daher schenkte sie dem wellenartig daherkommenden Stechen im Bauch wenig Beachtung. Erst als sie eine warme Flüssigkeit an ihren Oberschenkeln herabrinnen spürte, war ihr klar, dass sie die heutige Tagesschicht in der Strickwarenfabrik Honig nicht beenden würde können. Nachdem sie die Erlaubnis des Vorarbeiters eingeholt hatte, begleitete ihre Kollegin Rosa die junge Frau in ihre unweit des Fabrikgeländes gelegene Wohnung in der Bahnhofgasse. Im Souterrain des einstöckigen Gebäudes hauste Mizzi gemeinsam mit ihrem Mann, ihren Eltern und drei ihrer Geschwister in zwei Zimmern. Schon im Stiegenhaus roch es modrig. Stieg man die wenigen Stufen zu dem Gelass der Familie hinab, vermengte sich der Geruch nach feuchten Wänden mit den Ausdünstungen von Bett und Herd. Der Verputz warf Blasen, auf denen ein grünlicher Schimmelrasen blühte. Das Plumpsklosett im Hof teilten sich die Schindls und die Reiters mit den übrigen drei eingemieteten Familien sowie mit der Nachbarin Frau Katzenbeisser. Die Witwe gestattete Mizzi gelegentlich, auf ihrer Nähmaschine Kleider für sich und ihre Verwandten zu nähen.

Der Lärm, den die beiden Frauen beim Betreten der Wohnung verursachten, schreckte eine der in den feucht-finsteren Räumen auch tagsüber allgegenwärtigen Ratten auf. Ihr Quieken weckte den Ehemann der Schwangeren. Er war am Morgen von der Nachtschicht heimgekehrt und schlief in dem schmalen Bett, das hinter einem an der Wäscheleine befestigten Vorhang stand, der den Schlafbereich des Ehepaars vom Rest des Zimmers abtrennte. Franz Schindl war Schlossergehilfe in der Eisert-Fabrik, die Blechdosen, Feuerzeuge und Zigarettenetuis herstellte. Dafür, dass er in einer der drei großen Fabriken im Ort untergekommen war, hatte Schindls Vater Heinrich, genannt Dschingis Khan, gesorgt. Der Sattlermeister arbeitete schon seit vielen Jahren im Betrieb des Metallwarenfabrikanten. Genau genommen war Heinrich Schindl selbstständig. Seine vordringlichste Aufgabe für das Werk bestand darin, defekte Transmissionsriemen zu reparieren, die für den reibungslosen Fortgang der Produktion unerlässlich waren. Bei einer dieser Reparaturen war er vor Jahren mit der Hand in eine Presse geraten. Dabei war der Ringfinger so stark gequetscht worden, dass zuerst der Ehering mit einem Seitenschneider entfernt und dann das Endglied amputiert werden musste. Da die Tätigkeit Heinrichs von großer Bedeutung war, hatte die Direktion diesem wichtigen Mann eine eigene Werkstatt eingerichtet und ihm gestattet, dort auch Arbeiten für andere Kunden zu erledigen. Das dritte Mitglied der kinderreichen Familie Schindl, das in der Eisert-Fabrik arbeitete, war Heinrichs Bruder Ernst, ein gelernter Schlosser.

Mizzi, was ist denn los?

Franz, im täglichen Leben von verantwortungsvoller Verlässlichkeit und pedantischer Pünktlichkeit, war in emotionalen Ausnahmesituationen leicht aus der Fassung zu bringen und dann rasch überfordert.

Na, was wird schon los sein, wenn sie in ihrem Zustand mitten in der Schicht heimkommt, Franz? Das Kind ist unterwegs! Mizzis Mutter war gerade vom Markt zurückgekehrt. In der Linken hielt sie den Einkaufskorb, ihren jüngsten Sohn trug sie am rechten Arm, die kleine Milla hing an ihrem Rockzipfel. Lauf hinüber zur Hebamme, Franz, und sag ihr, dass ich sie brauch! Es dauert nimmer lang.

Kommst du allein zurecht, Mizzi?, fragte Rosa. Ich sollt zurück ans Bandl.

Ja, es wird schon gehen. Danke, dass du mich nach Haus gebracht hast. Und du, Franz, steh nicht faul herum. Hol endlich die Hebamme!

Der werdende Vater zog seine Jacke über das Nachthemd, fuhr in Hose und Schuhe und sah zu, dass er fortkam.

Als die Werkssirene wenige Stunden später das Ende der Tagesschicht in den Sommerabend brüllte, übertönte sie den ersten Schrei des Neugeborenen. Der Bub, der, wie sein Großvater fortan immer betonte, am gleichen Tag Geburtstag feierte wie der alte Kaiser, war kräftig; seine Haare waren dunkelblond, die Augen braun. Sobald das Kind gewaschen worden war, wurde es in eine der blütenweißen Leinenwindeln gewickelt und auf den bretthart gestärkten Stillpolster gebettet, der Teil der zwar nicht umfangreichen, doch qualitätsvollen Aussteuer der jungen Mutter gewesen war. Denn obwohl Mizzi, Tochter des Inwohners Ludwig Reiter und seiner Frau Maria aus Eberweis, insgesamt dreizehn Geschwister hatte, brachte sie – so wie alle ihre älteren Schwestern auch – als Mitgift einen Korb voll bestickter Leinenwäsche und hochfloriger Frotteetücher in die Ehe mit. Eine Ehe, die ihr Zustandekommen am vierten Juli 1931 zwei Tatsachen verdankte: der nach einer leidenschaftlichen Liebesnacht im Anschluss an eine Krampusfeier eingetretenen Schwangerschaft der Minderjährigen sowie ihrem granitenen Sturschädel, dank dessen sie nicht nur den Gang zur Engelmacherin verweigert, sondern auch den werdenden Vater von seiner Verantwortung überzeugt hatte. Es war ein harter Kampf gewesen. Unterstützt von seinen Eltern hatte der liebestoll-leichtsinnige Franz immer neue Gründe gegen die Vollendung der Schwangerschaft oder die Heirat ins Treffen geführt: die eigene und die Jugend der Schwangeren, die es erfordern würde, dass er nicht nur ihr Ehemann, sondern auch ihr Vormund werden müsste; die tristen wirtschaftlichen Aussichten des Landes im Allgemeinen und ihrer beider Familien im Speziellen, die unsichere politische Lage und schließlich das Gerede, das es geben werde. An diesem Punkt hatte Mizzi angesetzt: Der Tratsch und die Verunglimpfungen würden um ein Vielfaches schlimmer sein, würde bekannt werden, dass er sie mit einem dicken Bauch entweder sitzen gelassen oder den Gefahren einer Abtreibung ausgesetzt hätte. Dieses Argument hatte schließlich den Ausschlag gegeben.

Eine Woche nach der Geburt wurde der Stammhalter der Familie in der Pfarrkirche von Heidenreichstein auf den Namen Franz Heinrich getauft; gerufen wurde der Bub zwecks Unterscheidung von seinem Vater aber Franzi. Und weil man anlässlich der Taufe schon einmal den Sonntagsstaat angelegt hatte, begab sich das Ehepaar anschließend in das am Hauptplatz neben dem mittelalterlichen Pranger gelegene Atelier des Fotografen Emil Pigal.

In seinem Geschäft hatten sich rund dreißig Jahre zuvor schon die Eltern des frischgebackenen Familienvaters an ihrem Hochzeitstag für die emaillierten Medaillons porträtieren lassen, die dereinst ihren Grabstein schmücken sollten und die in Seidenpapier eingeschlagen zwischen der Wäsche darauf warteten, ihre Bestimmung zu erfüllen. Heinrich Schindl, dessen Oberlippe zu diesem Zeitpunkt ein noch eher schütteres Bärtchen geziert hatte, hatte das an den Schläfen und im Nacken kurz geschorene und pomadisierte Haar akkurat gescheitelt. Er trug ein Hemd mit Vatermörderkragen, dazu einen schwarzen Selbstbinder und einen schmal geschnittenen doppelreihigen Rock. Seine Frau hatte das dunkle Haar streng nach hinten gekämmt und zu einem Knoten gebunden. Ein paar kunstvoll gedrehte Locken fielen ihr in die Stirn, die fast schwarzen Augen blickten unter dichten Brauen melancholisch am Fotografen vorbei. Bekleidet war sie mit einem hochgeschlossenen schwarzen Kleid mit Samtbesatz und Puffärmeln, an dessen Stehkragen kleine Stickereien den einzigen Schmuck darstellten.

Ungleich bequemer war die Garderobe der jungen Generation: Franz Schindl trug ein weißes Hemd mit weichem Umlegekragen, die schmale, dezent grau-braun gemusterte Krawatte passte gut zur Nadelstreifhose und zum salopp geschnittenen Sakko. Das schwarze Kleid seiner Frau zeichnete sich durch einen dem aktuellen Modegeschmack entsprechenden geraden Schnitt aus. Vorn wies es unzählige kleine stoffüberzogene Knöpfe auf, zum Hals hin schloss es mit einem weißen, gehäkelten Spitzenkragen um den Rundausschnitt ab. Mizzis halblange Haare lagen in sanften Wellen am Kopf und verdeckten die großen Ohren nur zum Teil.

Nach einer halben Stunde waren die Bilder im Kasten.

In ein paar Tagen seien die Abzüge zur Abholung bereit, so der Fotograf: Wünsche noch einen guten Tag und beehren Sie uns bald wieder, meine Herrschaften.

Zu Hause angekommen, wurde das Kind der Obhut der Großmutter übergeben. Mizzi legte das gute Kleid und die feinen Strümpfe ab und schlüpfte in eines ihrer zwei Alltagskleider. Anderntags fand sie sich, von der Entbindung und der Taufe noch etwas geschwächt, pünktlich zum Beginn der Frühschicht im Werk ein.

Glaubst du wirklich, dass ich sofort wieder eine Arbeit für dich habe, nachdem du eine ganze Woche auf der faulen Haut gelegen bist?, antwortete ihr der Vorarbeiter auf ihre Bitte um Wiedereinstellung.

Ich bitt Sie recht schön, geben Sie mir wieder Arbeit, Herr Gisy, ich brauch doch jetzt das Geld noch viel nötiger als früher.

Erst vierzehn Tage später durfte Mizzi wieder zurück ans Fließband.

***

28.II.45

Meine Lieben.

In Anfang meines schreiben seit alle auf das beste gegrüßt. geht mir gut so wie halt beim Militer. braucht euch nicht sorgen, denn es sint uns noch alle Gmündner beisammen. wegen dem Essen brauchd ihr euch nicht sorgen. wie das Abrichten ist da braucht ihr nicht neugierig sein. das Gewand schicke ich aber zurück. Von Traisen ist der Steiner Anton bei meiner Kompani. er last auch alle Grüßen. Und Schreiben könnt mir auf die Adrese (Abs). konnte nicht früher schreiben den wir wusten nich wo wir bleiben können. was gibts bei euch neues in Gmünd und Heidenreichstein. jezt glaube ich Ludwig das ihm das schwer gefallen ist aber da gibzt nichts als die Zähne zusammen beisen. um mich braucht ihr euch nicht sorgen. habt euch schon eingefunden? was macht Franzi ist er recht brav und fleißig lernen. er weis was im bevorstehd. dises leben könnt euch nichd vorstelen. also bleibt recht brav und Gesund. Alarm hatten wir noch keinen. Mit Gruß von eurem Vatter.

Grüße an Milla und Frau Gatawe u Herma

***

Du wirst dich entscheiden müssen, Franz, sagte Ernst Schindl eines Abends Ende 1933 zu seinem Bruder. Nach dem Nachtmahl waren die beiden in eine heftige Diskussion über die politische Lage geraten: Ideologie oder Arbeit?

Lieber geh ich wieder stempeln, bevor ich zu den Braunen überlaufe. Ich hab mich bis jetzt geweigert, vor den Schwarzen zu Kreuze zu kriechen, da werd ich erst recht nicht bei den Nazis mitmachen. Das sind gemeine Verbrecher, die selbst vor Gewalt nicht zurückschrecken. Erinnere dich nur daran, wie die Braunhemden letzten Sommer in Krems ein paar Handgranaten mitten in eine Turnerriege geworfen haben.

Gut, da sind ein paar Hitzköpfe zu weit gegangen. Aber das sind halt so Einzelfälle, das kann man nicht verallgemeinern. Irgendwie müssen sie sich doch dagegen wehren, dass der Dollfuß ihren Aufstieg um jeden Preis verhindern will. Und sei es dadurch, dass er kurzerhand die Wahlen absagt. Es passt ihm halt nicht, dass die Nazis immer mehr Zulauf haben. Was im Übrigen kein Wunder ist. Sie geben den Leuten halt nicht nur Arbeit, sondern bieten ihnen auch allerhand Vergünstigungen und Belustigungen. Vor Kurzem hab ich in der Zeitung gelesen, dass sie in Deutschland dafür sogar eine eigene Organisation gegründet haben: KdF – Kraft durch Freude. Wer dort dabei ist, kann sogar ans Meer auf Urlaub fahren. Überleg's dir noch einmal, Franz. Man muss sich anpassen, man muss mit der Zeit gehen!

Mit der Zeit gehen? Dass ich nicht lache! Wenn ich seit meiner Geburt immer mit der Zeit gegangen wäre, dann hätte ich zuerst Monarchist, später Christlichsozialer und zuletzt Hahnenschwanzler sein müssen. Hast du eigentlich schon einmal darüber nachgedacht, woher die Nazis das ganze Geld für diesen KdF-Spaß nehmen wollen? Ich meine, jetzt einmal abgesehen von der 1000-Mark-Sperre, die unser Land zugrunde richten soll. Deutschland ist genauso pleite wie wir. Ich bleib dabei, die Nazis streuen den Menschen nur Sand in die Augen, um von den echten Problemen abzulenken. Brot und Spiele, sag ich nur. In Wirklichkeit arbeiten sie schon auf den nächsten Krieg hin. Denn nur so können sie das Geld für all das aufbringen, was sie jetzt ihren Leuten schenken.

Aber geh, was du immer redest. Bevor die Deutschen wieder einen Krieg anfangen, kracht es eher noch bei uns. Denk an Schattendorf.

Am Abend des zwölften Februar 1934 herrschte auf dem Hof der Eisert-Fabrik eine ungewöhnliche Unruhe, wie Franz gleich beim Verlassen der Werkshalle bemerkte. Irgendetwas stimmte nicht in dem vertrauten Bild. Während die Arbeiter beim abendlichen Schichtwechsel sonst eher maulfaul waren und diejenigen von ihnen, die müde nach Hause gingen, jenen, die oft nicht minder müde ihre Schicht begannen, meist nur stumm zunickten, im besten Fall mit ihnen ein paar kurze knorrige Sätze wechselten, summte es an diesem Tag trotz der klirrenden Kälte auf dem Werksgelände wie auf einer Sommerwiese. Die Männer und Frauen standen in schwarzen Schwärmen beisammen, die Köpfe dicht an dicht und umwölkt vom Dampf, der aus ihren Nasen strömte und aus ihren Mündern quoll. Als Franz näher kam, hörte er, dass von Verhaftungen geflüstert, von Widerstand gesprochen wurde. Worte wie Polizeiaufgebot, Bürgerkrieg, Bundesheer und Kanonen waren zu vernehmen. Die Leute der nun beginnenden Nachtschicht versorgten Franz und seine Kollegen aufgeregt mit den Neuigkeiten des Tages: Die im Laufe des Vormittags zunächst als Gerüchte geltenden Meldungen, wonach es in Linz bei einer Hausdurchsuchung des Schutzbundheimes durch die Polizei zu bewaffnetem Widerstand der Genossen und schließlich zur Eroberung des Vereinslokals durch das Bundesheer gekommen sei, hätten sich bewahrheitet, hieß es. Der Kampf habe zwar auf weitere Städte in Oberösterreich übergegriffen, der gegen Mittag durch die Parteileitung in Wien ausgerufene Generalstreik sei aber weitgehend folgenlos geblieben. Angeblich habe die Dollfuß-

Regierung das Standrecht verhängt, die meisten Schutzbundführer seien verhaftet und abgeführt worden.

Wenngleich Franz nicht nur Solidarität, sondern auch Mitgefühl mit den verhafteten, verwundeten und getöteten Genossen empfand, bestätigte die Niederschlagung des Aufstandes seine innere Überzeugung, derzufolge man sich gegen eine herrschende Ordnung schlichtweg nicht erfolgreich auflehnen konnte. Der Bauer blieb immer ein Untertan, der Arbeiter immer ein Ausgebeuteter. Da war es gleich, ob man Kopf und Knie vor dem Grafen, dem Bankier oder dem Fabrikanten beugen musste: Die Summe der Demütigungen blieb konstant. Und wollte man sich und die Seinen halbwegs unbeschadet durchs Leben bringen, konnte dies nur dank pünktlicher Pflichterfüllung, verantwortungsvoller Tüchtigkeit und unermüdlichem Fleiß geschehen. Ablenkungen jeder Art, sei es Trunksucht, sei es Kartenspiel oder Revolution, standen der Erreichung eines solchen, wenngleich auch bescheidenen Lebensziels entgegen. Eine fest gefügte Ordnung war das halbe Leben, anspruchslose Anständigkeit war der Rest. Den Ruf *Wacht auf, Verdammte dieser Erde!* hatte Franz nie auf sich bezogen.

Auch in Heidenreichstein hatte es an diesem Tag einen Zwischenfall gegeben, berichteten die zur Schicht antretenden Kollegen. Die Hahnenschwanzler wollten gegen Mittag ihre Waffen aus dem Kellerdepot in der Schule holen, um für allenfalls aufflammende Kämpfe mit den Schutzbündlern gerüstet zu sein. Zwar waren den Arbeitern in den letzten Wochen die meisten Gewehre bereits abgenommen worden und zu einem Aufstand der Sozis war es bislang auch nicht gekommen, aber man konnte ja nie wissen. Womit die Heimwehr-Leute allerdings nicht gerechnet hatten, war, dass sowohl der Schulwart Hans Bachlechner als auch die Männer der Freiwilligen Feuerwehr als gestandene Sozialisten die Öffnung des Waffendepots zu verhindern wussten. Bachlechner erklärte, er hätte den Schlüssel zur Kellertür „verloren". Daher musste ein Schlosser aufgetrieben werden. In der Zwischenzeit begann die Feuerwehr, Wasser in den Keller zu pumpen, sodass dieser bei der Rückkehr der Heimwehr mit dem Schlosser bereits unter Wasser stand und die Waffen daher unbrauchbar waren. Bei dem Gedanken an die dummen Gesichter der Hahnenschwanzler musste Franz lachen.

Auf dem Heimweg begegnete er seinem ehemaligen Schulkollegen Ferdi Hofmann. Dieser steckte in einer viel zu weit geschnittenen Heimwehr-Uniform und hatte ein Gewehr geschultert. Franz hielt ihn an und erkundigte sich, wohin er denn in diesem Aufzug unterwegs sei. Ferdi antwortete, dass er zu einer Patrouille durch den Ort abkommandiert worden sei. Da aber die Karabiner aus dem Depot nicht einsatzfähig seien, habe er sich die Jagdflinte seines Vaters ausgeliehen, um sich nötigenfalls gegen aufständische Arbeiter verteidigen zu können. Als Franz das hörte, verabreichte er dem jüngeren Freund ohne jede Vorwarnung ein paar jener Ohrfeigen, mit deren Hilfe er die gewohnte Ordnung, die er neben der Ruhe zu den grundlegenden Bürgerpflichten zählte, wiederherzustellen pflegte. Dann nahm er dem völlig Verdutzten das Gewehr ab und schickte ihn mit den Worten nach Hause: Sei nicht so deppert, Ferdi. Es gibt keinen Aufstand. Der ist niedergeschlagen worden. Die einzige Gefahr hier besteht darin, dass du dich oder andere mit deinem Schießprügel verletzt. Geh lieber heim!

Das Gewehr warf Franz ins Teichtl neben der Straße.

***

2.III.45

Meine Lieben.

In meinen jetzigen Schreiben seit Ihr recht herzlich gegrüßt und bin noch immer gesund. was den Brif vom 1.III.45 anbelangt gib ich euch rezente aufklerung. am Abent wurden wir verlesen. 45 Mann zusammengestellt und den nechsten Tag bekamen wir Marschgepeck. kahltes Essen. In disen Betrieb kommen und gehen immer über nacht. immer wider woanders hin, auch mit den Koffer hatte ich recht eine lustige sache, da man nichts hineinbringt und den grosen (gelben) habe ich zuhause. die Sachen schicke ich nach hause: 1 Mantel, Hose, Rock, 2 Stutzen, 1 Hemt, Leibchen glatt … Badehose, Schuhe. und wegen den Schreiben müst ihr noch warden bis ich eine bestimmte Adrese habe. auch kann ich nicht alles schreiben da ich nicht viel Zeit habe. sonst wird ja einstweilen nichts geschehn sein. auch aus Eisgarn ist ein bekannter bei mir. und noch was: seit alle zwei recht vorsichtig bei Alarm, den ein wiedersehn erst bei Krigsende.

Mit villen Grüßen und Küßen euer Vatter

***

In den folgenden Jahren kam es nicht allzu häufig vor, dass Franz und Mizzi zur gleichen Zeit zu Hause waren. Da der Zins für die neue Wohnung in der Feldgasse, die das Paar seit zwei Jahren vom Fleischermeister Flicker gemietet hatte, fast den ganzen Lohn verschlang, mussten die beiden zahlreiche Überstunden leisten. An einem der seltenen gemeinsamen freien Tage sagte Mizzi beim Abendessen zu ihrem Mann, dass sie sich einen Radioapparat wünsche. Fast alle ihrer Arbeitskolleginnen besäßen einen, und es wäre doch eine feine Sache, abends vor dem Zubettgehen ein paar Schlager hören zu können. Franz, der sich über Dinge, die zur Bestreitung des täglichen Lebens nicht unabdingbar waren, selten Gedanken machte, blickte Mizzi ein wenig verständnislos an:

Ich weiß nicht recht, Mizzi.

Sicherlich gefällt dem Buben die Musik auch, antwortete sie.

Wo sollen wir denn so ein Kastl hinstellen? Wir haben ja gar keinen Platz dafür.

Das lass nur meine Sorge sein, Franz. Ich finde bestimmt einen geeigneten Ort.

Ein solcher Apparat kostet wahrscheinlich ein Vermögen.

So schlimm ist es nicht, ich habe mich erkundigt. Jedenfalls ist ein Radio billiger als ein Motorrad.

Das saß. Voriges Jahr hatte ihr Mann sein Rennrad verkauft, seine Ersparnisse zusammengekratzt und sich eine Puch 200 geleistet. Die Maschine war sein ganzer Stolz. Dies umso mehr, als er sie sich gegen den Willen seines Vaters zugelegt hatte, der alles ablehnte, was zur Bestreitung des täglichen Lebens nicht unabdingbar war.

Im Übrigen hab ich auch ein bissl was gespart. Außerdem bin ich mir sicher, dass wir den Apparat beim Kollmann auf Raten nehmen können.

Du willst also, dass ich bei einem Israeliten in der Kreide stehe?

Mein Gott, Franz, jetzt stell dich doch nicht immer so an! Immerhin ist er ein ehemaliger Kollege von dir. Außerdem sind wir jung und verdienen nicht schlecht. Was soll schon groß passieren? Alle Welt macht heutzutage Schulden.

Was alle Welt macht, ist mir herzlich egal, das weißt du. Schau dir doch nur an, was jeden Tag in der Zeitung steht.

Ja, ja, ich weiß. Aber bei den Deutschen geht es seit ein paar Jahren bergauf. Die haben fast keine Arbeitslosen mehr. Die Schornsteine rauchen, die Fabriken produzieren Tag und Nacht. Überall werden Brücken und Straßen gebaut. Sogar ein Auto für alle soll es demnächst geben. Du wirst sehen, bald wird es uns hier auch so gut gehen.

Aber nur, wenn der Hitler die 1000-Mark-Sperre aufhebt. Und was glaubst du wohl, warum bei den Nazis alle eine Arbeit haben? Ich will es dir sagen: Weil die längst den nächsten Krieg vorbereiten. So schaut's aus, Mizzi!

Das glaub ich nicht! Der Hitler war ja selbst im Weltkrieg eingerückt. Der weiß, was das heißt. Der zettelt sicher nicht noch einmal so ein Gemetzel an.

Dass du dich da nur ja nicht irrst.

Jetzt hör endlich auf mit dem Schwarzsehen. Ich will ja nur ein Radio …

Und dann redete Mizzi ihrem Franz so lange ein Loch in den Bauch, bis er endlich nachgab. Anderntags marschierte er in das Geschäft von Egon Kollmann und kaufte einen Radioapparat – auf Raten. Was deren Rückzahlung betraf, einigte man sich darauf, dass Mizzi jeweils am Ende der Woche, wenn sie von der Fabrik zu ihren Eltern ging, von ihrem Lohn zehn Schilling bei Kollmann abliefern sollte.

Die Freude über das Gerät war bei Mizzi riesengroß. Auf der Kredenz im Zimmer hatte sie bald einen würdigen Platz für das neue Möbelstück gefunden. Und wann immer es die Arbeit in der Fabrik und im Haushalt zuließ, setzte sie sich vor den mahagonifurnierten Empfänger. Andächtig wartete sie, nachdem sie den elfenbeinfarbenen Einschaltknopf gedrückt hatte, bis die Röhren und Widerstände ihre Betriebstemperatur erreicht hatten, bis die Senderskala geheimnisvoll grün zu leuchten anfing und unter Knistern und Rauschen Meldungen und Musik aus der weiten Welt in die Enge des Zimmers fluteten. Die Programme der RAVAG waren zwar am besten zu empfangen, boten nach Mizzis Ansicht aber zu wenige der von ihr so geliebten Schlager von Marlene Dietrich. Deshalb versuchte sie stets Sender aus Berlin oder Leipzig einzufangen. Mizzis Lieblingslieder waren *Die schöne Adrienne, Der Überzieher und Mein kleiner grüner Kaktus.* Gern sang sie während des Kochens lauthals mit. Wenn am Samstagnachmittag der Sender Königs Wusterhausen seine Kabarettsendung mit den Worten einleitete *Was in der Welt geschah, werden wir in kurzen Worten dir berichten*, wusste Franz, dass er Mizzi eine halbe Stunde lang nicht stören durfte, wollte er anschließend ein warmes Nachtmahl bekommen. Überhaupt stand er dem modernen Zeug eher skeptisch gegenüber. Obwohl er die hinter dem ganzen Hokuspokus stehende Technik wesentlich besser verstand als seine Frau, betrachtete er das Sitzen vor dem Lautsprecher als Zeitverschwendung. Auch die Notwendigkeit, laufend am Sendereinstellknopf herumdrehen zu müssen, um bei Wind und Regen den Empfang zu optimieren, verleidete ihm das Radiohören. Einzig Übertragungen von Fußballspielen und Reden von Politikern fanden sein Interesse.

Aber nicht nur einen Radioapparat ertrotzte sich Mizzi von ihrem Mann. Während sie das Abendessen zubereitete und nebenbei den Sprössling das kleine Einmaleins abfragte, rechnete sie ihrem Mann immer wieder vor, wie sinnvoll es wäre, das Geld für den Mietzins lieber in Kreditraten für ein Eigenheim zu investieren. Denn gleich neben dem Haus des Fleischermeisters Flicker war vor Kurzem eine Doppelhaushälfte zur Versteigerung ausgeschrieben worden.

Franz blickte Mizzi bei diesen Rechenoperationen, die das Rühren und Pürieren, das Braten und Backen begleiteten, meist verständnislos an. Denn erstens beherrschte er von den Grundrechnungsarten lediglich das Addieren und Subtrahieren halbwegs fehlerfrei; Zins- und Zinseszinsrechnung waren ihm ein Buch mit sieben Siegeln. Und zweitens hatte er – wahrscheinlich auch deshalb – keinerlei Beziehung zu Geld. Das war insofern nicht weiter schlimm, als er kaum je welches brauchte. Die Dinge des täglichen Bedarfs besorgte seine Frau, die sich ebenfalls um die pünktliche Bezahlung des Zinses kümmerte, und weil Franz weder rauchte noch ins Wirtshaus ging, mangelte es ihm schlichtweg an Gelegenheiten, Geld auszugeben. Da aber ein Mannsbild nach Meinung Mizzis ein Geld zu haben hatte, gab sie ihm, nachdem er seinen Wochenlohn bei ihr abgeliefert hatte, ein paar Schilling ins Börsel. Einfach, damit alles seine Ordnung habe. Meist befand sich am Ende der nächsten Woche derselbe Betrag im Geldbeutel.

Neben dem Widerstand des Ehegatten galt es für Mizzi ein weiteres Problem zu lösen: Die Ersparnisse reichten nicht für die Sicherheitsleistung bei der Versteigerung.

Doch Mizzis Überredungstalent war groß. So gelang es ihr zunächst, ihren Mann dazu zu bringen, seine Puch 200 zu verkaufen. Was ihr dann noch fehlte, waren zwei Gutsteher. Als Erstes wandte sie sich an ihre Eltern. Die Mutter gab gegenüber der Bittstellerin zunächst einmal ihren Standardsatz zum Thema Geld zum Besten: Ehs, ehs, mit engan Göd. Ehs werd's scho no sehn: Des wirkliche Ölend fangt dort an, wos Göd nix mehr nutzt.

Der Vater konnte immerhin mit dem guten Rat helfen, sich an einen entfernt verwandten Baumeister zu wenden, den man nach dem Erwerb des Hauses mit den notwendigen Sanierungsarbeiten beauftragen könnte. Nachdem Mizzi dessen Zusage in der Tasche hatte, machte sie ihrem Mann klar, dass auch seine

Familie einen Beitrag zum Eigenheim leisten müsste. Also gingen die beiden zu Heinrich Schindl.

Ich kann euch nicht helfen, tut mir leid, antwortete er, nachdem Franz sein Anliegen vorgebracht hatte.

Aber Vater, du hast doch genug Geld am Büchl. Deine Ersparnisse würden wahrscheinlich sogar für den Rufpreis reichen.

Woher willst denn du das wissen, du Bamschabel?

Ich kann's mir ausrechnen. Oder besser gesagt, die Mizzi hat das ausgerechnet.

Ah, die Mizzi hat sich das also ausgerechnet. Ist ja interessant!

Heinrich dämpfte behutsam seine Virginier aus und steckte den Rest zurück ins Etui.

Was meine Schwiegertochter nicht alles weiß!

Ja, ich weiß so allerhand. So weiß ich zum Beispiel auch, was damals in der Wirtschaftskrise mit deinem Ersparten passiert ist.

Ich hab keine Ahnung, wovon du sprichst.

Du kannst dich also nimmer mehr an den Schwarzen Freitag erinnern?

Ja, freilich kann ich mich an den Schwarzen Freitag erinnern.

Dann müsstest du dich aber auch noch daran erinnern können, wie viel Geld du damals vom Steiner

Anton bekommen hast, als er dir die Hälfte eures Hauses abgekauft hat?

Heinrich Schindl hatte gemeinsam mit seinem Schwager ein Haus gebaut, das beide Familien bewohnt hatten. Als jemand, der sich nicht gern um Papierkram kümmerte, hatte er darauf vergessen oder verzichtet, sich anschreiben, also ins Grundbuch eintragen zu lassen. In den ersten Wochen der Weltwirtschaftskrise hatte ihm der Schwager ein Kaufangebot für die Immobilie gemacht, die ihm von Rechts wegen ohnehin gehörte.

Ganz genau weiß ich das heute nimmer; aber es waren ein paar Millionen Gulden, glaub ich.

Jetzt sprang Franz in die Bresche, die seine Frau eröffnet hatte. Und was hast du dann ein paar Monate später für das viele Geld kaufen können, Vater?

Dschingis Khan presste die Lippen aufeinander, unwillig drehte er den Kopf zur Seite, trotzig schloss er die Augen.

Na geh, Vater, du hast mir die Geschichte so oft erzählt, dass ich jedes Wort auswendig weiß. Muss ich deinem Gedächtnis auf die Sprünge helfen?

Nein, Bub, das ist nicht nötig.

Dann sag es der Mizzi!

Ein Simperl voller Semmeln, murmelte der alte Mann.

Ein was?, fragte Mizzi.

Ein Simperl. Ein Brotkörberl.

Siehst, Schwiegervater, darum is es gscheit, dass wir das Haus in der Feldgasse ersteigern. Häuser behalten auch in schlechten Zeiten ihren Wert. Du brauchst auch gar kein Geld vom Büchl abheben. Es genügt, wenn du uns für viertausend Schilling gutstehst.

Ah, eh nur für viertausend Schilling!, höhnte Heinrich, dann bin ich ja beruhigt.

Komm, Vater, denk an den Franzi. Gib dir einen Ruck!

Na, also meinetwegen. Für den Buben will ich es tun. Auch wenn ich sicher bin, dass das Geld verloren ist. Weil, wenn die Bank einmal ihre Finger auf meinem Büchl hat, kann ich's gleich abschreiben.

Wenige Wochen später erhielt Franz dank der bestehenden Bürgschaften tatsächlich den Zuschlag und war damit Hausbesitzer. Mizzis wirtschaftlichem Geschick war es zu verdanken, dass die Rückzahlung der Kreditraten problemlos funktionierte: Denn statt sich in dem großen Haus zu dritt breitzumachen, ließ sie mithilfe des Baumeisters zwei weitere Wohnbereiche abtrennen, für die sie innerhalb kürzester Zeit Mieter fand. Auf diese Weise finanzierte sich die Anschaffung fast von selbst. Das Geld, das von ihrem Lohn am

Ende der Woche nach Abzug der Raten für das Haus und für das Radio übrig blieb, lieferte die junge Frau weiterhin gewissenhaft jeden Samstagabend bei ihren Eltern ab.

An einem Montag Anfang des Jahres 1938 suchte der Kaufmann Egon Kollmann überraschend seinen ehemaligen Kollegen Franz Schindl auf. Er war aufgebracht und behauptete, dass Mizzi am vergangenen Samstag die Rate für das Radio nicht bezahlt hätte. Deshalb forderte er Franz auf, den ausständigen Betrag innert zwei Tagen zu begleichen, anderenfalls würde er das Gerät wieder zurücknehmen. Als Mizzi an diesem Abend von ihrer Schicht nach Hause kam, setzte es zunächst eine Ohrfeige.

Der Egon war heute da! Du hast die letzte Rate nicht bezahlt! Unser guter Name steht auf dem Spiel! Wo ist das Geld? Sicher hast du es zu deinen Eltern getragen!

Ich weiß nicht, was du meinst, Franz! Ich hab die Rate pünktlich bezahlt. Ich schwör's dir!

Der Egon sagt, du hast das Geld nicht gebracht!

Ach so, du glaubst also diesem jüdischen Halsabschneider mehr als deiner Frau?!

Das vorläufige Ende der Geschichte war, dass Franz am nächsten Tag seinen Canossagang in das Geschäft des Egon Kollmann antrat und wortlos zehn Schilling auf den Ladentisch legte. Obwohl damit den Gesetzen des geregelten Geschäftslebens Genüge getan und die Unversehrtheit der gesellschaftlichen Fassade wiederhergestellt worden war, nisteten sich bei Franz in den darauffolgenden Tagen Zweifel an der Redlichkeit seines ehemaligen Kollegen ein. Zu flehentlich waren die Beteuerungen Mizzis gewesen, zu überzeugend ihre Tränen. Doch es stand nun eben einmal das Wort eines Mannes gegen die Worte einer Frau.

***

3.III.45

Meine drei Liebsten.

Kann euch heute erst mit den herzlichsten Grüßen auch eine ausfürlichen Bericht geben. sind Donnerstag Zusammengestellt worden, in der nacht eingekleidet, 12h Freitag untersucht worden, 2h geimpft worden, Marschbereit ausgerüstet und jetzt müssen wir abwarten. was das heist könnt euch vorstellen, ein betrieb herrscht dort, unbeschreiblich. der Steiner Anton war auch bei meiner Kompanei, leider muss er nach Wien zu befundung. Was mich bedrift bin aber feldtauglich. das gewand habe ich gebagt. wann ichs schicke weis ich noch nicht.

schreiben dürft ihr mir nicht da wir alle Tage weggehen können. wohin? Sind noch alle von Gmünder beisammen. was das schreiben anbelangt mus ich beschrenken. wie habt euch schon dreingefunden? Franzi soll recht braf sein den die Zeit ist sehr heimtückisch. nun meine Herzbinkaln bleibt recht gesund, gönne dir alles, schone dich, Mutter, denn du weißt schon. das Essen ist ser gut und reichlich, habe in der Schachtel noch alles. Lasst den Ernst und Stef. grüßen, er sol seine Nerven noch schonen. besondere Grüße an Dinstl u. Komarek

so bleibt gesund alle drei.

Mit Gruß Vatter

Im September 1937 wurde Franzi in die erste Klasse der Volksschule in Heidenreichstein eingeschult. Dies bedeutete für ihn vor allem einen Abschied vom allsommerlichen barfüßigen Laufen über Stoppelfelder in der Krachledernen hin zum beschuhten Gehen über Kopfsteinpflaster in Stoffhosen. Die dicke Hornhaut an den Sohlen schmerzte in den engen Lederschuhen, der raue Wollstoff kratzte an den braun gebrannten Beinen. Das lange Sitzen drückte aufs Gemüt. Und wäre da nicht die in ihrem hochgeschlossenen schwarzen Taftkleid streng, aber gütig aus dunklen Augen auf ihre Schützlinge blickende Klassenlehrerin Fräulein Michaela Decker gewesen, hätte es Franzi wohl kaum lange in der Schule ausgehalten. Um der nicht mehr ganz jungen Lehrerin, von der es hieß, sie wäre eine alte Jungfer, zu gefallen, bezähmte der Bub seinen Freiheitsdrang, saß artig auf seiner Bank, betrug sich fleißig, buchstabierte emsig, zeichnete bemüht und sang inbrünstig. Für ein Lob von Fräulein Decker hätte er wahrscheinlich noch ganz andere Dinge getan, doch fürchtete er den Spott seiner Klassenkameraden. Vor allem jene unter ihnen, die ältere Brüder hatten, beanstandeten das angepasste Verhalten des Einzelkindes und ließen Franzi spüren, dass ihr Respekt nur durch zumindest gelegentliche Unartigkeiten zu gewinnen sei. Da aber Franzi der Frau Lehrerin keinen Kummer bereiten und den strengen Vater nicht durch schlechte Noten erzürnen wollte, begann er seinen vormittäglichen Eifer im Klassenzimmer durch die Teilnahme an nachmittäglichen Streifzügen und Streichen zu kompensieren. Diesen unausgesprochenen Handel ließen seine Mitschüler unter der Voraussetzung gelten, dass ihr schmächtiger Freund sich bereit erklärte, bei den von ihnen ausgeheckten Unternehmungen stets die schwierigsten und gefährlichsten Aufgaben zu übernehmen.

Eines Tages kamen die Älteren auf die Idee, ein außergewöhnliches Experiment zu wagen. Man wollte herausfinden, was passierte, wenn eine Lokomotive der lokalen Schmalspurbahn über einen auf die Schienen gebundenen Holzschuh fuhr. Von früher durchgeführten Versuchen mit Groschenmünzen wusste man, dass diese durch die Räder der Loks papierdünn platt gewalzt wurden. Aus den bereits erwähnten Gründen – und weil er am nächsten zum Gleiskörper wohnte – war es Franzis Aufgabe, nicht nur einen passenden Schuh beizusteuern, sondern denselben auch am Gleis zu fixieren. Zunächst war man noch uneins, ob die Befestigung mit ordinärem Spagat ausreichend wäre, doch bald kam man überein, dass die Anbringung von mehreren Knoten der Versuchsanordnung genügend Stabilität verleihen würde. Die Burschen nahmen daraufhin ihre Beobachtungsposten in dem Gebüsch nahe dem Bahnübergang der schmalen Straße ein, die die Eisert-Fabrik mit den Wohnhäusern der Arbeiter verband. Von dort war es nicht weit bis zum Bahnhof. Nach etwa einer halben Stunde wurde es den Wartenden langweilig. Sie beschlossen, einen Kundschafter auszuschicken, der sich an der Sohle des Bahndammes entlangschleichen und das Herannahen des Zuges melden sollte. Man kann sich denken, wem diese ehrenvolle Aufgabe zuteilwurde. In Gedanken an die geliebte Lehrerin machte sich also Franzi schicksalsergeben auf den Weg und robbte nach Indianerbrauch die lang gezogene Kurve der Geleise entlang in Richtung Bahnhof. Er war noch nicht weit gekommen, als er vor und über sich ein ungewöhnliches Geräusch wahrnahm. Mit aller gebotenen Vorsicht kletterte er die Schotterung des Gleisunterbaus hinauf und lugte in die Richtung, aus der der Zug kommen sollte. Doch anstelle einer Lokomotive schnauften zwei Bahnarbeiter auf einer handbetriebenen Draisine über die Geleise. So schnell er konnte, lief Franzi in gebückter Haltung zurück zum Versteck seiner Kameraden.

Freunde, da kommen zwei Eisenbahner auf einer Draisine.

Verdammt! Wir müssen den Holzpantoffel losbinden. Franzi, kletter schnell hinauf und schneid die Knoten auf!

Ich hab kein Messer! Und außerdem: Warum muss immer ich die Drecksarbeit machen?

Halt keine Volksreden! Hinauf mit dir!

Doch da waren die schwitzenden Eisenbahner in ihren Blaumännern schon um die Kurve. Und es kam, wie es kommen musste. Die Knoten hielten. Der Pantoffel, statt wie erhofft, durch die Räder einer Lokomotive gespalten zu werden, hielt auch. Was nicht hielt, nämlich ihre Spur, war die Draisine. Sie entgleiste, und mit ihr stürzte ihre Besatzung die Böschung des Bahndammes hinab. Jetzt hieß es für die Burschen, Fersengeld geben. Und so waren fünf in alle Windesrichtungen davonstiebende Bubenbeinpaare das Letzte, was die über den Abhang purzelnden Männer noch wahrnahmen, bevor sie in den Brennnesseln landeten.

An diesem Abend gingen die zwei diensthabenden Gendarmen in der Eisert-Siedlung von Haus zu Haus. Nachdem sie die Wohnungen verlassen hatten, hörte man durch die geöffneten Fenster aus jedem der Häuser zunächst das helle Schallen von Ohrfeigen oder das satte Sausen von Weidenruten und dann das Geschrei der Gezüchtigten. Doch nachdem es Ehrensache war, einander nicht zu verraten, egal, ob man in die gegenständliche Schandtat verwickelt gewesen war oder nicht, hatten spätabends zwar alle Burschen der Siedlung entweder im Gesicht oder am Allerwertesten rote Backen, die Gendarmen aber hatten dennoch keine Geständnisse.

Auf dem Weg zur Schule begegnete Franzi gelegentlich Herrn Direktor Maximilian Kohn, dem Besitzer der Eisert-Fabrik. Sein Vorgänger, der Firmengründer Wilhelm Eisert, ursprünglich aus Wien stammend, war nach dem Weltkrieg im Hinblick auf die bessere Versorgungslage auf dem Lande nach Heidenreichstein übersiedelt, wo er nördlich der Bahnlinie für sich und seine Familie eine Villa mit Blick auf die Fabrik hatte errichten lassen. Nach seinem unerwarteten Tod im Jahr 1923 wurde die Firma zunächst vom Verwaltungsrat und zwei Prokuristen erfolgreich weitergeführt. Allerdings kam es einige Jahre später durch einen Brand, der einen Teil der Produktionsanlagen zerstörte, zu einem herben Rückschlag. Als Folge des Feuers und der zeitgleich einsetzenden Wirtschaftskrise wurden viele Arbeiter entlassen. Davon unbeeindruckt lebte der neue Direktor mit seiner Familie weiterhin ein luxuriöses Leben in der Eisert-Villa. Man sah ihn stets in Begleitung seines Prokuristen Müller, der ihn jeden Morgen von zu Hause abholte und jeden Abend heimwärts begleitete. Immer zwei Schritte hinter seinem Chef gehend, trug Müller, von dem man sich hinter vorgehaltener Hand erzählte, dass er ein Illegaler sei, die Aktentasche des Direktors. Auch Camilla, die Tochter des Fabrikanten, hatte Franzi schon hin und wieder getroffen. Meist war sie, umringt von ihren Freundinnen, auf dem Weg in die Konditorei oder ins Kino gewesen. Seit seiner Einschulung begegnete Franzi ihr jedoch regelmäßig. Denn obwohl die beiden jungen Menschen örtlich durch eine Bahnlinie und gesellschaftlich durch Welten getrennt waren, führte nun einmal nur eine Straße zur Volksschule. Früher war Camilla für Franzi lediglich das überhebliche Kind des Herrn Direktors gewesen, das gelegentlich den Rand seines Blickfeldes gestreift, das er ansonsten aber kaum wahrgenommen hatte. Irgendwann im Laufe dieses Herbstes hatte sich die Wahrnehmung des Buben für das dunkelhaarige Mädchen verändert. Irgendwann hatte er bemerkt, dass er auf dem Weg zu Frau Deckers Unterricht hoffte, Camilla auf der Straße oder vor der Schule zu begegnen. Ja, irgendwann ertappte er sich sogar dabei, dass er morgens gern das Haus etwas früher verließ, dann aber auf dem Schulweg trödelte, um die Wahrscheinlichkeit zu erhöhen, Camilla zu Gesicht zu bekommen. Auch dachte sich der Bub stundenlang Dinge und Sätze aus, die er tun oder sagen könnte, um die Aufmerksamkeit des Mädchens auf sich zu ziehen.

An einem goldenen Oktobermorgen ergab es sich, dass Franzi, der wieder einmal Richtung Hauptplatz schlenderte, von Camilla überholt wurde. An diesem Tag war sie allein unterwegs. Fieberhaft überlegte er, mit welchen Worten er sie ansprechen könnte. Während er sich noch das Hirn zermarterte, war sie schon an ihm vorüber, erhobenen Hauptes und ohne ihn eines Blickes zu würdigen. Doch das Schicksal schien es gut mit ihm zu meinen: Eines der Bücher, die das Mädchen unter den Arm geklemmt hatte, fiel zu Boden. Sofort war Franzi zur Stelle, reichte es der Angebeteten und sagte den ersten Satz, der ihm durch den Kopf ging: Magst du einmal mit mir angeln gehen?

Ebenso überrascht wie ungläubig blickte Camilla ihn an.

Was fällt dir ein, du Prolet! Gib das Buch her und lass mich gefälligst in Ruhe!

Ab diesem Tag ging Franzi dem Mädchen aus dem Weg. Zwar stand er weiterhin zeitig auf, beeilte sich doch dann auf dem Schulweg. So gelang es ihm, ein weiteres Zusammentreffen mit Camilla zu vermeiden.

Überdies wurde in den folgenden Wochen die Aufmerksamkeit des Buben von anderen Vorkommnissen beansprucht, die nicht weniger spannend waren als seine erste Verliebtheit. Jedenfalls leitete er aus den flüsternd geführten Gesprächen der Eltern und anderer Erwachsener ab, dass alles, was mit den Herren Schuschnigg und Hitler zu tun hatte, irgendwie gefährlich war. Und was könnte für einen Siebenjährigen aufregender sein als eine diffus wahrgenommene Gefahr, ein nebuloses Risiko? Worte wie Volksabstimmung und Souveränität, Orte wie Berlin und Berchtesgaden verhießen, auch wenn man ihnen nichts Konkretes zuordnen konnte, Neues und Aufregendes.

Und so bedeutete die unerhörte Tatsache, dass ein stinknormaler Wochentag im März kurzerhand zum Feiertag erklärt werden konnte, für den Erstklässler lediglich die Bestätigung seiner Vermutung, dass die neuen und aufregenden Zeiten früher angebrochen waren, als allgemein angenommen worden war. Darüber hinaus bescherte der Anschluss, von dem jedermann jetzt nicht mehr halblaut, sondern in voller Lautstärke sprach, Franzi ein unerwartetes Wiedersehen mit Camilla.

Inmitten des Tumults, der an diesem Morgen auf dem Hauptplatz zwischen Brunnen und Pranger herrschte, erblickte Franzi die einstmals stolze Fabrikantentochter aus einer für ihn völlig neuen Perspektive: nämlich von oben herab, gleichsam mit umgekehrten Vorzeichen. Sie, die sich die längste Zeit eingebildet hatte, über ihm zu stehen, kniete nun zu seinen Füßen. Gemeinsam mit zwei ihrer Freundinnen und weiteren jüdischen Einwohnern war sie Teil einer Gruppe von Menschen, die, ausgestattet mit Kübeln und Bürsten, das Pflaster schrubbten. Umringt waren die Knienden von einer aufgebrachten Menschenmenge, in der man erstaunlich viele Hakenkreuzarmbinden sowie braune und schwarze Uniformen entdecken konnte. Franzi fragte sich angesichts dieser grotesken Umkehrung aller gewohnten Hierarchien zwei Dinge: Woher hatten die Leute so schnell so viele Kübel und Bürsten herangeschafft? Und: Wo waren die Bücher geblieben, die Camilla sonst immer unter dem Arm trug?

Der Anblick eines anderen Bekannten unterbrach Franzis verschlungene Gedankengänge abrupt: Fast flehentlich bittend war die Miene des Egon Kollmann, als sein Blick dem des Schülers begegnete. Dessen Aufmerksamkeit wurde aber gleich darauf wieder von Camilla Kohn in Anspruch genommen. Oder vielmehr von einem jungen Mann in einer braunen Uniform, der sich hinter der Fabrikantentochter aufgepflanzt hatte, die Hände in die Hüften gestemmt, eine Reitgerte in der Hand. Sei es, dass ihm Camillas Fleiß nicht ausreichend erschien, sei es, dass er einfach seine neu gewonnene Macht demonstrieren wollte, jedenfalls gab er ihr einen Fußtritt, sodass sie vornüberfiel. Daraufhin zog er sie am Zopf wieder in die Höhe. Hatte Franzi zunächst angesichts der öffentlichen Demütigung der vormals Hochnäsigen Genugtuung empfunden, so fühlte er nun Empörung. Alles, was recht ist, aber das ging nun doch zu weit!

Als er wenig später nach Hause kam, waren seine Eltern schon da. Anscheinend hatten auch die Erwachsenen an diesem Tag freibekommen. Ohne viele Worte zu verlieren, forderte der Vater den Buben auf, ihn vor dem Mittagessen noch einmal auf den Hauptplatz zu begleiten. Die Volksmenge hatte sich mittlerweile zerstreut, fast menschenleer lag der Platz in vormittäglichem Licht. Der Vater steuerte zielstrebig auf das Geschäft Egon Kollmanns zu. Im Verkaufsraum wimmelte es von Heidenreichsteiner Bürgern, die die Gunst der Stunde nutzten, um sich selbst zu bedienen. Oder anders gesagt: Man plünderte. Seelenruhig trat der Vater an die Budel, blickte den Kaufmann lange durchdringend an und sagte: Du weißt, warum ich hier bin?!

Kollmann nickte.

Ich möchte für zehn Schilling grüne Farbe.

Du kannst dir alles nehmen, was du willst, Franz.

Ich will genau für zehn Schilling Farbe. Nicht mehr und nicht weniger!

***

4.III.45

Meine Lieben.

Mit herzlichen Grüßen teile ich euch mit wie ich den ersten Sonntag verbringe.

um 7h aufstehen, fertig machen, antreden. Arbeiten brauchte ich noch nicht, auch schicke die Zigarettenmarken mit. wen ich von euch den ersten brief erhalten habe damit ich weis ob ihr die Post bekommt, damit könnt euch wider eintauschen denn ich brauchs ja nicht. Es liegen uns von Gmünd alle beisammen bis auf einen (Stawener). was das Schreiben anbelangt müßt nicht streng klaßeviziren, denn wir müßen immer auf dem Bett schreiben mit grober beleuchtung, wegen dem abstellen gebe ich euch genauen bericht: Wir sind 96 Mann, ganz neu Marschbereit das heist aufgepakt wie ein Tragtier. und jezt müssen wir warten wo sie uns hien schicken. bevor ich weggehe, geb ich die neue Adrese und ob ihr mir schreiben könnt beckant. bei dem Militär lebt man wie am Mond, kein Radio – Zeitung. bis jetzt auch noch dazu kein schreiben. was das Essen betrift ist gut, besonders wen man vorrat hat, da kann man zusetzen. aber zum Essen heist es immer antreten und warten. aber das gewöhnt man balt. der Steiner Anton war auch bei meiner Komp, hatte Magenbeschwerden, geht nach Wien zur befundung, da wurde er wider ausgekleidet. ist ihm aber schon angenehm weil er vor mir weckgekommen ist. Jetzt zur ganzen sache, das abstellen ist gemeint, das wir nach vorne kommen. nur wechseln wir die Kaserne da Zneim nur Sammelstelle ist. war immer eingekleidet und abgestellt werden, das abrüsten ist nur wenn nichts zu dun habe, auch jetzt weis ich die worte von dir Mutter, sei froh wen du ein anstendiges Bett hast wo du um 6h nach Hause kommst und dein freier Mensch bist und ruhig schlafen kannst. nur das mir nicht mehr so lange Zeit wie die anderen fort waren und noch sind. Ich habe den Kofer aufgegeben per Wermacht. wen ihr mir unbedingt wegen den Kofer ob er angekommen ist, so nemt eine Karte, ist genug, wenn ich es nicht erhalten sollte. Reskiren könnt ihr es ja, wenn Franzi mir einige Zeilen mitteilen will ob er brav ist und was mit der Schuhle ist und wie die Prüfung ausgefallen war. Bin schon neugirig ob die Milla eine Post von Karl beckommen hat und was mit ihm geschehen ist.

auch werdet ihr zwei Herzbinkerl sagen, der Vatter sagte immer ich schreibe euch nur alle 8 Tage und jezt beckommen wir 4. Brief in 8 Tage. er hatt heimweh, da könnt ihr euch nicht absorgen. wenn ihr und ich gesund bleibt so wirt es wider kommen wo wir alle wider beisammen sein können. wen ihr was brauch von Werck geht halt zum Ernst. bin neugirig ob noch welche Einrücken mußten, da auch von Simmering viele gekommen sind.

Lieb Mutté! sorg dich nicht über die Zukunfpt, es wirds schon wieder alles gut ausgehen weil das ist meine sorge, den ich komme schon durch, auch habe ich nach Hause einen Brief geschrieben. beim Militär isst mahn alles wenn mahn nur bekommt. Jetzt schliese ich mein schreiben mit den besten Grüßen. Vatter.

***

Ideales Flugwetter, dachte sich Franzi und trat noch fester in die Pedale. Über ihm spannte sich der Frühsommerhimmel in verschwenderischem Blau.

Die Schultasche hatte er kurz zuvor in eine Ecke geschleudert, an Hausaufgaben war an einem Tag wie diesem nicht zu denken. Auch das Mittagessen, das wie immer im Rohr auf ihn wartete, konnte ihn keinen Augenblick länger im ohnehin menschenleeren Haus halten.

Heute will ich einen neuen Weitenrekord aufstellen. Heute werde ich die Bestmarke vom Franko Graf überbieten. Der kleine drahtige Sohn eines Maurers hatte es letzte Woche bis an den Waldrand am Fuße des Hügels geschafft, wo es ihm gelungen war, den Segelflieger sanft zu landen.

Temperatur von Luft und Boden stehen in einem guten Verhältnis zueinander, das gibt eine leichte Thermik. Die Windrichtung stimmt auch. Heute kann es gelingen. Wichtig war vor allem, möglichst als Erster in Höhenberg anzukommen und sich den Helm zu sichern. Denn wer den Helm hatte, war der Pilot. Wer den Helm hatte, durfte den Gleiter besteigen. Alle anderen waren dann dazu verdammt, die Gummihunde oder die Schwanzlinge zu machen. Und als solche mussten sie entweder das dicke Seil aus Kautschuk spannen, mit dem das Flugzeug vom

Hügel über dem Dorf gestartet wurde, oder waren Teil der Haltemannschaft, die das Heck des Fliegers festhielt, bis die Spannung des Seils ausreichend hoch war. Eigentlich das gleiche Prinzip wie bei einer Steinschleuder. Nur eben mit dem Unterschied, dass hier nicht ein Kiesel gegen eine Fensterscheibe auf den Weg geschickt wurde, sondern ein Flugzeug auf den Weg in den Himmel. Wobei Flugzeug und Himmel etwas hochtrabende Begriffe waren, angesichts der realen Umstände. Das Flugzeug bestand aus zwei Fahrradreifen, ein paar Latten, viel Leinwand und einigen Drahtseilen, mit deren Hilfe man Höhen- und Seitenruder bediente. Und der Himmel, den man mit diesem Fluggerät erobern konnte, hatte einen Horizont von ein paar Dutzend Metern. Irgendjemand hatte Pläne des SG 38 besorgt, wonach der Schulgleiter von Lehrlingen des Reichsbahnausbesserungswerks nachgebaut worden war. In diesem Betrieb, im tschechischen Teil der Stadt, kurz Gmünd III genannt, war der Vater seit Kriegsausbruch als Schlossergeselle angestellt. Sein Bruder Ernst hatte ihm diese Beschäftigung verschafft und ihn damit vor der Einberufung bewahren können. Kurz vor dem Beginn der vergangenen Sommerferien hatte der Vater beim Abendessen von den ersten Flugversuchen der ihm unterstehenden Jugendlichen erzählt, die in ihrer Freizeit einen Flieger zusammengeleimt und -geschraubt hatten. Damit hatte er bei seinem Sohn einen Nerv getroffen. Denn seit Franzi im Gmünder Lichtspieltheater in der Wochenschau zum ersten Mal Filmaufnahmen von Flugzeugen gesehen hatte, war er von der Idee des Fliegens fasziniert. Die Bilder von streng gestaffelten Gruppen wendiger Jagdflugzeuge, von massiven Pulks schwerer Bomber, die, sobald sie abgehoben hatten, in rasendem Tempo oder majestätischer Gelassenheit das Blau des Himmels durchkreuzten, hatten sich im Gehirn des Jungen eingebrannt. Und so stand nach dem Kinobesuch eines für ihn fest: Er wollte Pilot werden. In der Schule meldete er sich für das unverbindliche Fach Flugmodellbau an, was beim Vater die Hoffnung nährte, dass Franzi vielleicht doch ein wenig handwerkliches Geschick erlangen könnte. Und wirklich: Die aus Balsaholz gefertigten Modellflieger fanden Gnade vor den Augen des strengen Familienoberhauptes. So oft wie möglich besuchte der Bub daher die Wochenschauvorstellungen. Und wenn ein Fliegerfilm gezeigt wurde, opferte er gern sein Taschengeld, um Hans Albers oder Heinz Rühmann als tollkühne Pioniere der Lüfte zu erleben. Natürlich wusste Franzi, dass er als Sohn eines Schlossereiarbeiters unter gewöhnlichen Umständen keine reelle Aussicht auf eine teure Pilotenausbildung hatte. Welch Glück war es daher für ihn, dass die Zeiten, in denen er heranwuchs, alles andere als gewöhnlich waren. Durch den Anschluss der Heimat an das Deutsche Reich und durch die fantastischen Pläne des Führers war jedes Mittelmaß, jede Normalität abgeschafft worden. Alles war für einen Jungen seines Alters plötzlich möglich; vorausgesetzt, man war willens, hart an sich zu arbeiten, und bereit, Opfer zu bringen. Franzis gegenwärtiges Opfer bestand zunächst einmal darin, mit aller Kraft zu strampeln, um so früh wie möglich an der Startwiese anzukommen.

Tatsächlich schien sich heute die Offenbarung des Führers für Franzi zu bewahrheiten. Obwohl er nur als Zweiter an Ort und Stelle eintraf, waren die Chancen auf einen Flug intakt. Vor ihm war nur der um zwei Jahre jüngere Rudi Haslinger aufgetaucht, der von allen Benjamin gerufen wurde, weil er der Jüngste der Gruppe war. Deshalb hatte er auch nur wenig Flugerfahrung, was in Franzi die Hoffnung weckte, dass der Kleine nur einen kurzen Hüpfer schaffen und daher der Gleiter rasch wieder für ihn selbst startklar sein würde. Gemeinsam schoben die beiden Burschen das Fluggerät aus der Scheune und rollten es in Startposition. Nach und nach fanden sich die dienstfreien Lehrlinge des Werks ein, sodass bald ausreichend Gummihunde und Schwanzlinge vorhanden waren. „Benjamin“ Haslinger wurde in die Maschine gehoben und ruckelte sich auf dem schmalen Sitz zurecht. Die erfahrenen Piloten gingen mit dem Anfänger noch einmal die wichtigsten Regeln durch: Bedienung des Steuerknüppels für das Höhenruder und der Pedale für das Seitenruder, Vermeidung von abrupten Kursänderungen und Beachtung der Geländeunebenheiten vor der Landung.

Ja, ja, das weiß ich doch eh alles schon in- und auswendig, maulte Haslinger ungehalten zurück. Los, Gummihunde, spannt endlich das Seil, ich will fliegen und nicht quatschen. Er stülpte sich den Lederhelm über und versuchte ihn, so gut es ging, mit dem Riemen unter dem schmalen Kinn zu fixieren. Dann rief er laut: Fertig! Startklar!, und hob den Daumen, wie er es im Lichtspieltheater in *F.P.1 antwortet nicht* gesehen hatte. Hätte nur noch gefehlt, dass er *Flieger, grüß mir die Sonne* gepfiffen hätte. Man merkte, auch der kleine Benjamin war ein großer Anhänger des blonden Hans aus Hamburg.

Die Gummihunde setzten sich in Bewegung, die Schwanzlinge hielten dagegen, die Seile strafften sich, Benjamin rief: Los!, und ab ging die Post. Am Höhepunkt der Spannung wurde der Flieger freigegeben und so pfeilschnell in die Luft katapultiert, perfekt war dieser Start gelungen. Gespannt verfolgten Franzi und die anderen Burschen den Flug des Gleiters, der sich in einer grazilen Parabel in die Luft erhob. Ideale

Voraussetzungen für einen neuen Rekord, dachte Franzi, nicht ganz frei von Neid. Bedenkt man das geringe Körpergewicht von Benjamin, könnte es heute schwer für mich werden, die Führung in der Weitenkonkurrenz zu übernehmen. Doch kaum war dieser Gedanke zu Ende gedacht, geschah etwas Unvorhergesehenes. Vielleicht durch die Wucht der Beschleunigung, vielleicht durch eine seitlich einfallende Bö war der auf Haslingers schmalem Kopf ohnehin zu locker sitzende Helm verrutscht und nahm ihm plötzlich die Sicht. In seiner Panik riss er den Steuerknüppel nach hinten, worauf sich die Nase des Segelfliegers steil in den Himmel bohrte. Fast senkrecht stieg das Fluggerät in die Höhe und verlangsamte dabei seine Geschwindigkeit. Benjamin wollte gegensteuern. Da die Strömung an den Tragflächen jedoch abzureißen begann, konnte das nicht mehr gelingen. Daher versuchte er, durch die Betätigung der Pedale für die Seitenruder zu retten, was vielleicht zu retten war. Die Maschine geriet nun vollends außer Kontrolle, kippte kurz zur Seite, trudelte und fiel dann wie ein Stein vom Himmel. Gottlob federten die am Ende der Wiese stehenden Birken den Absturz ab und verhinderten so das Schlimmste. Die zur Hilfe eilenden Kameraden fanden Benjamin, wenngleich kreidebleich und mit einem unnatürlich vom Oberkörper abstehenden Oberarmknochen, so doch bei Bewusstsein und ansprechbar. Weniger gut sah der Gleiter aus: Die verbeulten Reifen rollten in verschiedenen Richtungen über die Wiese, ein wirres Durcheinander von Latten, Leinwand und Seilen hing zwischen den Zweigen und machte eines klar: Franzi Schindl würde heute nicht mehr fliegen können; ein neuer Weitenrekord war in weite Ferne gerückt. Und Rudi Haslinger hatte einen neuen Spitznamen: Quax, der Bruchpilot.

***

6.III.45

Meine Lieben.

Seid recht herzlich gegrüßt von meinem Marschdranzbort von Zneim über Wien, sind um 7h angekommen, mußten in der Rosauer Kaserne übernachten, hatte in dem Zug den Schönauer Karl gesprochen, er ist in 10. Bez. total ausgebombt. Hatte in Zneim doch auf eine Post erhoft, aber mußten wir um 2h weggehen, konnte den Steiner Anton sagen er soll meine post übernehmen und wenn er noch bleiben kann so wird ers nachschicken oder zurück. und das Bomben zerstörte Wien. Auch televonieren hatte ich können zur Friedl, wen ich das nummer gewust hätte. hatte mir nie gedacht das ich jetzt erst so weit komme. mit den Schreiben müßt ihr auch halt jetzt abwarten bis ich euch die bleibende Adrese schreibe. es wird doch einstweilen noch alles gesund, nichts pasirt sein? seit halt rech vorsichtig und sorgt euch nicht um mich denn mir sind 12 Mann aus Gmünd beisahmen und verstehen uns recht gut, was das essen bedrift ist ser gut, nur Schlafen und das waschen war kald. Einen Brief mit den Rauchemarcken hab ich mit den Koffer am Sonndag aufgegeben, hoffe das alles gud nach Haus kommt. nach Heidenreichstein habe ich leider nicht schreiben können, müßt halt ihr bescheit geben, den Ernst müst halt die Grüße sagen, schreibt mir halt dann mehr, so bleibt halt recht brav und gesund und warten wir halt bis wir wider beisahmen sein können. Mitt vielen Grüßen und Küsen von eurem Vatter

Gruß an Milla und Gatawe, sowie Ernst u Steffi.

***

Ferienzeit bedeutete für Franzi in erster Linie, dass er endlich wieder aus den engen Schuhen hinaus- und in die speckige Lederhose hineinschlüpfen konnte. In dieser – wie er fand – artgerechten Adjustierung streifte er tagelang durch die Wälder der Umgebung, erkundete die Blockheide mit ihren eiszeitlichen Findlingen und ihren moorigen Teichen. Dabei stellte er sich vor, dass er als edler Ritter – ganz auf sich allein gestellt – gefährliche Abenteuer zu bestehen und Heldentaten zu vollbringen hatte, um sich der Gunst einer angebeteten Prinzessin würdig zu erweisen. Hinter jedem Felsen lauerten Gefahren, hinter jedem Baum konnte sich ein Feind verbergen. Es galt, geheimnisvolle Fabelwesen zu überlisten, unheilvolle Hexensprüche abzuwehren und Feuer speiende Drachen zu töten. An anderen Tagen reiste er mit Rolf Torring in den gleich hinter dem Haus auf der Gstätten beginnenden indischen Dschungel; oder er hatte an der Seite des Helden aus den Schundheften, die er abends im Licht der Taschenlampe unter der Bettdecke verschlang, streng geheime Missionen in Kenia oder Kathmandu zu erfüllen. Dass man nach solchen Stunden der heldenhaften Einsamkeit den Wunsch nach Einbettung in die schützende Gemeinschaft gleich gesinnter Kameraden verspürte, lässt sich denken – umso mehr, als zu Hause niemand Verständnis für die großen Taten zeigte, die man bereits vollbracht hatte, und für die noch größeren, die man noch vollbringen wollte. Wie gerufen war Franzi daher im Vorjahr der als Einladung ausgesprochene Befehl gekommen, sich der Hitlerjugend anzuschließen. Faszinierend wirkten auf den Halbwüchsigen die Ideale dieses eingeschworenen Bundes: gegenseitiges Einstehen füreinander, Treue einem fernen, doch gütig-väterlich dreinblickenden Führer gegenüber, Anerkennung von Leistung, Erprobung von Talenten und Mut. Dazu das Singen von Liedern mit markigen Texten, in denen vom Ende der morschen Knochen und vom strahlenden Anfang einer großen Zeit die Rede war, das Marschieren im Gleichschritt, das dem Einzelnen ungeahnte Kräfte verleihen konnte, das Schlagen der Trommeln, deren Takt dem der aufgeregt hüpfenden jungen Herzen entsprach (oder umgekehrt). Mit welcher Leichtigkeit lernte er die Botschaften, die ihm und seinen Freunden mittels kurzer, klarer Parolen und Befehlen unter die Haut geimpft wurden. Nur zu bereitwillig nahm diese Generation der von strengen Eltern, sadistischen Lehrern und menschenverachtenden Umständen gedemütigten Jungen das süße Gift des Widerspruchs, der Auflehnung und der Rebellion in sich auf. Franzi und seine Freunde waren überzeugt, dass es ihre Aufgabe und heilige Pflicht war, persönlich das Joch der Knechtschaft abzuwerfen, das ihren Eltern von den Siegermächten des Großen Krieges, den man lediglich aufgrund von feigem Verrat verloren hatte, aufgezwungen worden war; das Unrecht zu rächen, das dem stolzen deutschen Volk, den Nachfahren der heldenhaften Germanen, den Enkeln der Nibelungen von weltweit versippten Volksfeinden, von minderwertigen Bolschewiken angetan worden war. Dies war die Aufgabe, für die sie vom Schicksal und vom Führer auserkoren worden waren. Dies war die Aufgabe, die zu erfüllen sie nicht erwarten konnten. Wie denn auch nicht? Zeigten doch die Bilder der Wochenschau und die Artikel des Völkischen Beobachters die Wahrheit und Wahrhaftigkeit dessen, was man in den Heimstunden des Jungvolkes und des Bundes Deutscher Mädel in appetitlichen Happen serviert bekam. Eilten doch die Soldaten, die nicht einem Land, sondern einem einzelnen Mann die Treue geschworen hatten, von Sieg zu Sieg. Hatten doch die Arbeiter, die für den Endsieg schufteten, seit vielen Jahren wieder genug Brot für die Ihren. Konnten sich doch Familien, die bislang nie die Enge einer Zimmer-Küche-Wohnung verlassen hatten, Reisen in die Berge und an die Strände eines Reiches leisten, dessen Territorium sich täglich weiter vergrößerte.

Bis in die Haarspitzen durchdrungen von durch einsamen Heldenmut und kameradschaftliche Geborgenheit erzeugten Glücksgefühlen war Franzi am

Abend einer dieser endlos scheinenden Ferientage im Begriff, in der elterlichen Küche einen Krug mit Wasser zu füllen, um seinen Durst zu stillen, als sein Vater eintrat. Kurz musterte er seinen Sohn in der braunen Uniform, schüttelte missbilligend den Kopf, drängte ihn ohne ein Wort vom Spülstein weg, um seinerseits ein Glas Wasser zu trinken. Franzi, der den Vater nicht hatte kommen hören, zuckte bei der heftigen Bewegung, mit der er zur Seite gestoßen worden war, zusammen. Doch im nächsten Augenblick besann er sich der Sendung, für die ihn das Schicksal und der Führer bestimmt hatten, und ließ sich zu einem aufmüpfigen Na!? hinreißen. Eine Frechheit, die der Vater mit einer seiner auftaktlosen Ohrfeigen quittierte. Zu verblüfft über diese Züchtigung eines Auserwählten, blieb dem Knaben nichts anderes übrig, als diese Demütigung zunächst kommentarlos zu schlucken, bevor er sie einer langen Liste anderer Verunglimpfungen durch den Vater hinzufügte, die er ihm eines Tages präsentieren und für die er dann – Schlag für Schlag, Schmähung für Schmähung – Genugtuung fordern würde.

Wenige Tage später erkundigte sich der Vater beim sonntäglichen Mittagessen in einem liebenswürdigen Tonfall, der überzeugend vermuten ließ, dass er den

Zusammenstoß am Spülbecken entweder gar nicht als solchen wahrgenommen oder bereits völlig vergessen hatte, nach den Wünschen seines Sohnes für den baldigen Geburtstag. Franzi, dessen Gedächtnis im Hinblick auf die erlittenen Demütigungen dem des sprichwörtlichen Elefanten glich, war zunächst fassungslos. Nun war der Bub seit dem letzten Geburtstag stolzer Besitzer eines Luftdruckgewehrs; einer Waffe, dank der er sich – gemeinsam mit seiner zunehmenden körperlichen Kraft und Ausdauer – vom Laufburschen seiner Bubenbande zum Fähnleinführer seiner Rotte entwickelt hatte, sich den Respekt und die Anerkennung nicht nur der gleichaltrigen Hitlerjungen, sondern auch der älteren Ranghöheren erarbeitet hatte. Denn beim Schießen konnte sich ebenso wie beim Laufen und Raufen kaum einer mit ihm messen. Dummerweise waren Franzi die Bolzen für sein Gewehr ausgegangen. Und da man an der Front Metall für echte Kugeln und Granaten brauchte, war Munition für ein Kinderspielzeug nicht zu bekommen. Dieser Umstand bedeutete für den Burschen ein Unglück von solchem Ausmaß, dass er im Augenblick bereit war, alle Vorfälle, die der Vater auf seinem Kerbholz hatte, zu tilgen, und noch viel mehr: seinen eigenen Stolz zu bemeistern. Nachdem er zweimal geschluckt hatte, antwortete er daher: Ich wünsche mir ein paar Bolzen für mein Gewehr, Vater. Dieser nickte stumm und löffelte dann weiter die sonntägliche Grießnockerlsuppe.

Am Morgen von Franzis Geburtstag trat der Vater vor dem Weg ins Werk in die Küche und warf wortlos ein Papiersackerl neben den Teller seines Sohnes. Heraus kollerte eine Unmenge an Bolzen. Der Vater musste wohl einen befreundeten Kollegen gebeten haben, ein wenig Eisen auf die Seite zu bringen, einzuschmelzen und daraus einzeln die heiß begehrten Bolzen zu drehen.

***

7.III.45

Meine Lieben.

Schreibe auch geschwind einige Zeilen von meinem Dransborter nach Wien, Presburg und noch weiter nach Miawa, 7 Kilometer von der zchechischen Grenze, ist ser kalt und alles Slowackisch, dort gibs noch alles ohne Marcken aber nur mit Slowackischen Geld. ausserdem bin ich noch Gesund, was bei euch noch der fall ist? Post hatte ich noch keine, disen Brief nimmt der Transbortbegleiter nach Zneim mit daß es schneller geht. und last alle recht herzlich Grüßen besonders euch beiden mit vollen herzlichen Grüßen und bleibt gesund und brav, euer Vatter

Grüßen an Milla und Karl, sowie an Ernst u Frau, auch an meine Eltern und Schwigermuter und Schwegerinen

***

Die Eltern saßen am Tisch, als Franzi die Küche betrat. Dass der Vater das Haus noch nicht verlassen hatte, machte den Jungen stutzig. Dies konnte nur bedeuten, dass heute etwas anders war als sonst, dass etwas Bedeutsames vorgefallen sein musste. Seinem Vater wenigstens morgens aus dem Weg zu gehen, war in den vergangenen Monaten meist leichtgefallen, weil die ursprünglichen Acht-Stunden-Schichten seit der russischen Offensive auf zwölf Stunden ausgedehnt worden waren. Deshalb arbeitete der Vater entweder im Werk oder er schlief zu Hause, wenn Franzi zum Frühstück kam. Da er aber heute pedantisch rasiert um kurz nach sieben am Küchentisch saß, musste etwas Ungewöhnliches geschehen sein. Auf dem Gesicht des Vaters waren unbestimmbare Zeichen einer nicht gekannten Veränderung zu bemerken. Die sonst eher antriebslos-treuherzig in die Welt blickenden Augen funkelten zornig aus dem seltsam bleichen Gesicht. Ein solch wütender Glanz ließ üblicherweise auf unmittelbar bevorstehenden Schimpf oder Schläge schließen. Irritierend – und noch mehr: beängstigend – war das vollständige Fehlen der bei ähnlichen Anlässen üblichen Rötung der Wangen.

Als Franz seinen Sohn bemerkte, wollte er – den gewohnten Spielregeln der Züchtigung folgend – hochschnellen und auf ihn zuspringen. Bevor seine

Frau ihn zurückhalten und ein paar besänftigende Worte zur Verteidigung des Buben einwenden konnte, fiel der Vater gleichsam von einer inneren Notbremse gestoppt oder besser: von einem inneren Prellbock gebremst, in der schon begonnenen heftigen Aufwärtsbewegung in sich zusammen und sackte zurück auf die Bank. Während der Sohn den offenkundig seelisch bedingten körperlichen Frontalzusammenstoß des Vaters mit sich selbst wie in Zeitlupe mitverfolgte, überlegte er, was der Grund für dieses in jeder Hinsicht verstörende, fast unerhörte Verhalten des Vaters sein könnte: Die „durch seine ungleichmäßige Mitarbeit" erzielten schwachen schulischen Leistungen, vor allem das „mangelhafte" Gesamturteil in Mathematik, das ihm sein Klassenlehrer Herr Professor Vaitary im Ausweis über das erste Trimester attestiert hatte, konnten es nicht sein. Denn die hatte der Vater schon Mitte Dezember mit ein paar seiner gewohnten, diesmal von den Worten „wenigstens Rechnen muss man können" begleiteten Ohrfeigen quittiert. Womit die Sache von ihm als erledigt betrachtet worden war. Von dem zu erwartenden Ungenügend auf die letzte Deutschschularbeit konnte der Vater nichts wissen und auch sonst hatte sich Franzi in den letzten Tagen seiner eigenen Einschätzung nach kein grobes Fehlverhalten zuschulden kommen lassen. Was also konnte den Vater dermaßen aus der Bahn geworfen haben, dass er sogar riskierte, zu spät ins Werk zu kommen? Sollte er am Ende gar …? Franzi warf seiner Mutter einen ratlosen Blick zu. Diese erwiderte die unausgesprochene Frage mit einer Geste, die eine hilflose Bitte um Verständnis und Entschuldigung darstellte.

Mein Herr Sohn hat sich also hinter meinem Rücken zur Aufnahmeprüfung für die NAPOLA angemeldet?!

Der Vater stieß die Worte zwischen den zu feinen Strichen zusammengepressten Lippen hervor. Die Wut wurde durch die Abscheu gewaltsam im Zaum gehalten.

Mein Sohn will in eine Eliteschule der Nazis eintreten! Mein Sohn will Karriere in der Partei oder bei der SS machen! Mein Sohn will sich diesen Mördern andienen! Damit das jetzt sofort und ein für alle Mal klar ist: Nur über meine Leiche wirst du dorthin gehen. Wenn du zu dieser Prüfung antreten willst, musst du mich umbringen, wenn nicht ich dich vorher erschlage wie einen räudigen Hund!

Franz, um Himmels willen! Sag doch nicht so etwas! Dein eigenes Kind, dein eigen Fleisch und Blut! Franz, ich bitte dich, versündig dich nicht!

Mizzi, ist dir klar, was der Bub vorhat? Er will die Aufnahmeprüfung für eine Schule für Nazi-Bonzen machen. Er will zu diesem Verbrecherpack gehören, das unsere Genossen erschlagen hat. Zu diesen Irren will er, die eine ganze Generation in diesem Scheißkrieg verheizt haben!

Aber, Vater, stammelte Franzi, der Endsieg …

Endsieg?! Dass ich nicht lache! Hast du denn keine Augen im Kopf? Geh in dein Zimmer und hol den Atlas!

Widerwillig gehorchte der Bub.

So, und jetzt schlag die Weltkarte auf. Schau dir das genau an, Bub. Schau dir an, wie groß Russland ist, schau dir an, wie groß Amerika ist. Und dann schau dir an, was für ein kleiner Rest vom Tausendjährigen Großdeutschen Reich im sechsten Kriegsjahr noch übrig ist. Kapierst du denn nicht, dass der Krieg verloren ist? Die Amis und die Russen, die walzen uns nieder. In ein paar Wochen ist die ganze Scheiße vorbei. Verflucht noch einmal! Glaubst du, ich hab dich großgezogen, damit du dann einer von diesen verfluchten Nazis wirst, die aus uns Proletariern Kanonenfutter machen?

Du hast mich großgezogen? Das ist ein guter Witz! Geprügelt hast du mich wie einen Hund. Zu was anderem als Schlägen reicht es bei dir eben nicht. Früher hab ich geglaubt, du wärst stark. Heute weiß ich, dass du mich schlägst, weil du dir nicht anders zu helfen weißt. Im Grunde genommen bist du ein Schwächling!

So eine Frechheit! Selber blöd wie ein Binkel Fetzen, aber in den erlauchten Kreis um den Führer will der junge Herr aufsteigen! Rechnen kann er nicht gscheit, schreiben auch nicht richtig, aber beim Rennen und beim Boxen ist er die Nummer eins. Und deshalb glaubt er, er ist was Besseres als wir Proleten. Pilot will er werden, der depperte Bua! Ich sag dir, dem Buben haben sie so lang ins Hirn gschissen, bis er angefangen hat, den Schwachsinn zu glauben, den sie im Radio durchsagen und den sie über die Kasernenhöfe schreien! Schaff mir den Kerl aus den Augen, bevor ich mich vergesse!

Franzi ballte die Fäuste und dachte an das bedeutendste Ereignis seines bisherigen Lebens: Vor einem Monat hatte er ein Wochenende in einer Kaserne in Traiskirchen verbracht. Sein Jungbannführer hatte ihn dorthin abkommandiert. Zu Hause hatte er erzählt, er und seine Kameraden seien vom Ortsgruppenleiter ins Gmünder Schloss eingeladen worden.

In der ersten Nacht war er gemeinsam mit seinen Stubenkameraden um zwei Uhr morgens mit einem Guss eiskalten Wassers geweckt und zum Appell befohlen worden. Man hatte die Burschen im zweiten Stock in einer Reihe antreten lassen. Eine undurchdringliche Finsternis hatte sie umgeben, die nassen Nachthemden klebten klamm an ihren Körpern. Nach geraumer Zeit hörten sie die Stimme des Hauptsturmführers: Am Ende des Ganges ist eine Tür, die ins Freie führt. Ihr werdet nicht sehen, was sich dahinter befindet. Der Befehl lautet: Augen zu und hinunterspringen. Natürlich hatte Franzi Angst gehabt. Aber er war als einer von wenigen an die pechschwarze Öffnung getreten, hatte tief Luft geholt und war im Vertrauen auf den Führer gesprungen. Gelandet war er in einem Wasserbassin. Diejenigen, die den Sprung nicht gewagt hatten, mussten am Morgen ihre Sachen packen und nach Hause fahren.

Auch jetzt atmete der Bub ein paar Mal tief durch und bemeisterte auf diese Weise die weiß glühende Wut über die väterlichen Demütigungen. Ganz männliche Gelassenheit, ganz nationalsozialistisches Sendungsbewusstsein antwortete er dann klar und deutlich, jedes Wort so präzise akzentuierend wie jemand, der etwas zu Protokoll gibt: Ich weiß zwar nicht, was genau dir die Mutter erzählt hat, aber nur damit kein Missverständnis herrscht zwischen uns: Ich war in den Ferien nicht auf dem Winterlager des Jungbanns. Ich war in Traiskirchen, um die Aufnahmeprüfung für die NAPOLA zu absolvieren. Und damit noch eines klar ist: Ich habe sie bestanden. Und zwar mit Auszeichnung. Unser Jungbannführer hat mich persönlich belobigt und mir zugesichert, dass ich jederzeit, ich wiederhole: je-der-zeit, nach Traiskirchen wechseln kann. Wenn ich heute am Weg zur Schule ins HJ-Heim gehe und dort sage, dass ich morgen in der NAPOLA anfangen will, bekomme ich eine Fahrkarte und bin noch in derselben Stunde fort. Ein für alle Mal.

Sag das noch einmal, du Falott, du dreckiger!

Wenn ich will, bin ich in einer Stunde am Weg nach Traiskirchen, und du siehst mich nie wieder.

Ich bring ihn um, ich schwör's bei allem, was mir heilig ist, ich bring den Buben um! Geh mir aus dem Weg, Mizzi, damit ich den saublöden Trottel totschlagen kann!

Franz, ich bitt dich, um Himmels willen, beruhig dich. Der Franzi hat's bestimmt nicht so gemeint. Gell, Franzi, so hast du's nicht gemeint, stimmt's?

Es tut mir leid, Mama, aber ich hab's ganz genau so gemeint. Jedes Wort. Ich lass mir nimmer sagen: „Das steht dir nicht zu." Ich lass mich nimmer schlagen, ich lass mich nimmer runtermachen und beleidigen. Und ich lass nimmer zu, dass die Ehre unseres Führers besudelt wird. Nicht von diesem sozialistischen Analphabeten.

Was bin ich? Ein sozialistischer – was?

Ein sozialistischer Analphabet, ein Roter, der nicht richtig lesen und schreiben kann.

Das ist ja der Gipfel! Mizzi, hast du das gehört? Ich schlag ihn grün und blau, den Rotzbuben, ich prügle ihm seine Frechheiten aus dem Hirn raus, damit in seinem Schädel wieder Platz ist für einen Respekt gegen den Vater!

Franz, bitte, hör auf! Das führt nur ins Verderben! Ihr werdet euch noch gegenseitig umbringen, ihr sturen Mannsbilder! Und was soll dann aus mir werden? Denkt einer von euch dickköpfigen Kerlen auch nur eine Minute an mich? Und an die Umstände, in denen ich mich befinde?

Vater und Sohn hielten inne.

Welche Umstände?, riefen die beiden fast gleichzeitig aus und ließen die bereits erhobenen Fäuste sinken.

Habt ihr denn nicht bemerkt, dass ich in anderen Umständen bin? Dass ich schwanger bin? Dass wir noch ein Kind kriegen? Nein? – Natürlich nicht! Es ist nicht zu fassen! Dass ihr Mannsbilder aber auch nie was mitbekommt!

Schweres Schweigen erfüllte die Küche, die Uhr an der Wand hackte die zähe Stille klein.

Ein Kind, fragte der Vater, jetzt?

Ein Kind, fragte der Sohn, noch eines?

Ja! Noch ein Kind. Jetzt. Ich hab's mir nicht ausgesucht.

Jetzt, wo der Russe immer näher rückt?

Jetzt, wo die Wunderwaffe fast fertig ist? Jetzt, wo der Führer bald jede Hand brauchen wird zum Wiederaufbau?

Jetzt hab ich aber genug von euch beiden! Ihr findet wirklich immer einen Grund zum Streiten. Raus aus meiner Küche! Verschwindet beide! Ich will euch erst wiedersehen, wenn ihr wieder bei Verstand seid!

Auf dem Stück Weges, das Vater und Sohn gemeinsam zu gehen hatten, bevor Ersterer zum Reichsbahnausbesserungswerk abbiegen musste, fiel die längste Zeit kein Wort. Zu eilig hatten es die beiden, zu ungewohnt war das Nebeneinandergehen auf dieser Strecke, zu sehr hing jeder seinen eigenen Gedanken nach. Erst nachdem sie die Eisenbahnunterführung passiert hatten, hob der Vater zu sprechen an.

Du, Franzi … Weißt du, Bub … Der Angesprochene tat so, als hörte er den Vater nicht und beschleunigte seinen Schritt. So verlor in dem dichter werdenden Schneefall der Vater den Sohn aus den Augen, noch bevor sich ihre Wege trennten.

Franzi erreichte die Staatliche Oberschule für Jungen, deren vierte Klasse er besuchte, einige Minuten vor acht und somit noch rechtzeitig zur Mathematikstunde bei Professor Vaitary; sein Vater langte zwar bereits um sieben Uhr vierundvierzig beim Haupttor des Ausbesserungswerks an, war damit jedoch um beinahe eine Dreiviertelstunde zu spät für den Beginn seiner Schicht. Beim Anblick der Uhr, die über dem Häuschen des Werksportiers angebracht war, überfiel ihn eine Ahnung der Bedeutung, die diese Verspätung hatte. Sie stellte für ihn eine schwerwiegende Enttäuschung, eine nicht zu leugnende Niederlage dar; eine persönliche Demütigung, welche die im schneidenden Ostwind erkaltete Wut aufs Neue entfachte. Vermutlich hätte diese Wut, die in erster Linie nach innen, auf sich selbst gerichtet war, kaum weitere, vor allem keine nach außen gerichtete Folgen gezeitigt. Möglicherweise wäre es zu einer schnell beendeten Auseinandersetzung mit den Kollegen gekommen, die seine Arbeit erledigen hatten müssen; schlimmstenfalls zu einer Verwarnung durch den Vorarbeiter. Viel mehr wäre wahrscheinlich nicht passiert, wenn nicht …

Guten Morgen, Novak, ich hab mich leider ein bissl verspätet, grüßte Schindl den befreundeten Portier, der im Begriff war, ihn ohne viel Aufhebens durch die Sperre zu winken.

Das heißt Heil Hitler, Schindl! Auch für euch Sozis. Vor allem für euch Sozis! Und außerdem bist du eine Stunde zu spät!, bellte der beim Eingangstor diensttuende SS-Mann Heinrich Schalko.

Franz, der sich schon in Sicherheit gewähnt hatte, zuckte zusammen.

Das ist nicht wahr. Ich bin nicht eine Stunde zu spät. Ich bin nur – ein neuerlicher Blick auf die Uhr bestätigte es – ich bin nur 46 Minuten zu spät, dachte er und antwortete: Weißt was, Schalko, du kannst mich am Arsch lecken. Und dein Scheiß-Hitler gleich dazu.

Solcherart ging dieser Arbeitstag des Schlossergesellen Franz Schindl, bis dahin als kriegswichtig zur Heimatverwendung im Reichsbahnausbesserungswerk Gmünd III eingestuft, zu Ende, bevor er noch begonnen hatte. Denn innerhalb weniger Augenblicke hatten ihn zwei auf einen Wink Schalkos herbeigeeilte bewaffnete Posten auf die Ladefläche eines Mannschaftstransporters verfrachtet. Als dieser wenig später mit heulendem Holzgasmotor auf dem Weg zum Polizeikommissariat in Gmünd I die Konrad-Henlein-Straße entlang- und an der Oberschule für Jungen vorbeidonnerte, wies der frischlufthungrige Mathematikprofessor den in der letzten Reihe am Fenster sitzenden Franzi Schindl verärgert an, dieses zu schließen: Bei diesem Krach versteht man ja sein eigenes Wort nicht.

Auf dem Schutzpolizeiposten, der seinen Sitz in den Räumlichkeiten der ehemaligen Gmünder Gendarmerie hatte, wurde Franz von Schalko dem zuständigen Vernehmungsbeamten vorgeführt. Über dem Schreibtisch hing an der Stelle, an der sich früher das Porträt Schuschniggs und noch früher das Bildnis Franz Josephs befunden hatten, ein Hitler-Bild. Aus irgendeinem Grund drängte sich dem Delinquenten vor dem Beginn der Befragung die Erkenntnis auf, dass das Foto des Führers offenbar kleinformatiger war als das Ölbild des Kaisers. Nur so war der helle Fleck an der Wand rund um den Schädel des Reichskanzlers zu erklären. Was nun folgte, war das in Fällen von staats- und parteifeindlichem Bestreben übliche Verhör. Dieses bestand im Grunde aus der Aussage Schalkos und ein paar motivierenden Ohrfeigen. Da sich der Beschuldigte kooperativ zeigte, wurde auf eine verschärfte Vernehmung verzichtet. Obwohl Schindl zugab, den Sturmmann mit dem Götz-Zitat belegt zu haben, die Ausweitung desselben auf den Führer allerdings leugnete, war die Sache nach einer Viertelstunde erledigt. Zwar stand Aussage gegen Aussage, aber im Vergleich zum Wort eines SS-Angehörigen und Parteimitglieds waren die Worte eines

Schlossers und Sozis nicht viel wert. Außerdem: im Zweifel gegen den Angeklagten. Man nahm dem nun immerhin Teilgeständigen die Handfesseln ab und legte ihm ein mit zwei Durchschlägen auf der Maschine getipptes Protokoll vor, das dieser nach ein paar weiteren Ohrfeigen letztlich unterschrieb. Daraufhin wurden die Papiere gestempelt und vom zuständigen Polizeibeamten gegengezeichnet: Heil Hitler und Sieg Heil! Da man einander kannte und ohnehin klar war, dass es kein Entrinnen geben konnte, wurde dem ab diesem Zeitpunkt gleichsam auch schon Verurteilten gestattet, nach Hause zu gehen. Eine Rückkehr an seinen Arbeitsplatz im Werk wurde dem Volksschädling untersagt.

Und so kam es, dass Franz Schindl wieder in der Küche saß, als sein Sohn nach dem Turnunterricht nachmittags um halb vier heimkam. Während der Vater lediglich apathisch an die Wand starrte, schwammen die geröteten und verquollenen Augen der Mutter in Tränen. Sie nahm Franzi an der Hand, führte ihn ins Zimmer und berichtete in knappen Worten, was vorgefallen war. Die Reaktion des Buben bestand darin, seine Schultasche in eine Ecke zu schleudern und türenknallend aus dem Haus zu stürmen.

Nach dem Ende der Tagesschicht fanden sich die männlichen Vertreter der Familie Schindl in der

Henlein-Straße 28 ein. Franz' Bruder Ernst hatte im Werk im Laufe des Vormittags von der Verhaftung erfahren. Den alten Dschingis Khan hatte er durch einen Lehrling, dem ein Gang in die Stadt aufgetragen worden war, verständigen lassen. Man saß mit gesenkten Köpfen und niedergeschlagenen Mienen beisammen und beratschlagte, ob und was in dieser Angelegenheit allenfalls unternommen werden konnte. Der Kriegsrat dauerte nicht lang und sein Resultat war ebenso vorhersehbar wie unabänderlich. Eine Flucht war ausgeschlossen. Denn es bestand kein Zweifel daran, dass sie nur von kurzer Dauer sein und unweigerlich mit einer standrechtlichen Erschießung oder an einem Laternenpfahl enden würde. Außerdem war mit Repressalien gegen die Familie zu rechnen. Daher schien es ratsam, darauf zu hoffen, dass die Mühlen der Bürokratie angesichts der nicht mehr zu übersehenden Zeichen des beginnenden Untergangs des Regimes so langsam mahlen würden, dass sich die Ausfertigung und Zustellung des Einberufungsbefehles verzögern würden. Und sollte Franz tatsächlich eingezogen werden, würde außerdem der Transport zur nächsten Wehrmachtskaserne in Znaim, die dortige Musterung, Einkleidung und Ausbildung einige weitere Tage, vielleicht sogar Wochen in Anspruch nehmen. Eine Zeitspanne also, in der die Rote Armee das Waldviertel möglicherweise schon befreit haben würde. Immerhin waren die zahlreichen Flüchtlingstrecks, die seit Anfang des Jahres durch die Stadt zogen, und der bei Ostwind zu vernehmende Donner der schweren Artillerie sicht- und hörbare Hinweise auf ein baldiges Kriegsende. In der Zwischenzeit sollte sicherheitshalber jedenfalls alles Menschenmögliche zur Erleichterung des Schicksals der zurückbleibenden Familie und namentlich der Schwangeren unternommen werden. Aufgrund der strategisch wichtigen Lage Gmünds an der Bahnlinie nach Prag müsse in nächster Zeit wohl auch mit Bombenangriffen der Alliierten gerechnet werden. Deshalb sollte Mizzi eine stets griffbereite Tasche mit den für Aufenthalte in einem Luftschutzkeller benötigten Utensilien vorbereiten. Außerdem kam man überein, die den als kriegswichtig eingestuften Schwerarbeitern innerhalb der Familie zustehenden Fleischmarken zu horten und der Schwangeren, zusammen mit Zigaretten, die sich in Kriegszeiten seit jeher als probates Tauschmittel erwiesen hatten, in regelmäßigen Intervallen zukommen zu lassen. Schließlich wurde beschlossen, das Haus, so gut es ging, gegen den bald zu erwartenden Einfall der sowjetischen Soldateska zu schützen.

Es war schon spät und die Eltern schliefen bereits, als Franzi nach Hause zurückkehrte. Ohne Licht zu machen, schlüpfte der Bub aus den Kleidern und ins Bett.

Am darauffolgenden Morgen und in den Tagen danach zeigte sich Franzi noch verschlossener als sonst. Mit der Mutter sprach er nur das Nötigste, mit dem Vater gar nicht. Dieser hatte sich noch tiefer in sich selbst zurückgezogen, war seinerseits einsilbig und unzugänglich; er erwartete sein Schicksal wie ein hoffnungsloses Schlachtvieh. Denn im Gegensatz zu seinen Verwandten bestand für ihn kein Zweifel daran, dass die Rädchen der Nazi-Bürokratie selbst im Angesicht des sicheren Untergangs bis zur letzten Sekunde ebenso gut geölt ineinandergreifen würden wie die von den in ihren Diensten stehenden Schlossern reparierten und gewarteten Getriebe und Gestänge der Lokomotiven. Immerhin raffte sich Franz dazu auf, die besprochenen Sicherungsmaßnahmen am Haustor in die Tat umzusetzen. Zu diesem Zweck wollte er in die granitenen Torpfosten Stahlringe einbetonieren, durch die eine schwere Eisenstange geschoben werden konnte, die den Türriegel verstärken sollte. Eben als er im Begriff war, den Zement anzumischen, kam sein Sohn aus der Schule zurück. Der Bub blickte den Vater wortlos an und nahm dann die Kelle zur Hand. In dieser Art von Arbeit völlig ungeübt, stellte er sich jedoch so ungeschickt an, dass ihm der Vater das Werkzeug mit einem Achselzucken wieder wegnahm und ihm bedeutete, zur Mutter ins Haus zu verschwinden.

Wenige Tage später brachte die Briefträgerin einen eingeschriebenen Brief. Der Inhalt: der Einberufungsbefehl, ausgestellt vom Wehrmeldeamt für den Wehrkreis XVII in Zwettl, demzufolge Franz Heinrich Schindl, geboren am zehnten September 1907 in Heidenreichstein, am vierundzwanzigsten Februar 1945 bis spätestens achtzehn Uhr in die Erzherzog-Albrecht-Kaserne von Znaim einzurücken habe. Dies bedeutete, dass er Gmünd schon am übernächsten Tag mit dem Sechs-Uhr-fünfunddreißig-Zug nach Wien, abgehend von Bahnsteig 2A, verlassen musste. Da nun zweifelsfrei feststand, dass der Vater tatsächlich ins Feld musste, bemächtigte sich seines Sohnes eine seltsame Unruhe oder Ungeduld. Vergleichbar am ehesten mit dem Gefühl, das einen Menschen gelegentlich überkommt, wenn er erfährt, dass sich ein Angehöriger einer riskanten Operation unterziehen muss. Ist einem die Unausweichlichkeit eines solchen Schicksalsschlages einmal bewusst geworden, kann dies den Wunsch wecken, dass das Unvermeidbare am besten sofort eintreten, der Eingriff am besten sofort durchgeführt werden möge. Und zwar nicht unbedingt aus Mitgefühl oder Barmherzigkeit, sondern aus purem Egoismus. Denn langes Warten auf eine unwiderrufliche Änderung gewohnter Lebensumstände nötigt einen Menschen oft dazu, das eigene Kerbholz auf selbst verschuldete Schnitzer zu prüfen. Und das tut kaum jemand gern. Gleichzeitig stellte sich Franzi so banale Fragen wie: Wird die Höhe von Vaters Sold jener seines Lohnes im Werk entsprechen und wird das genügen, um ein weiteres Kind zu ernähren? Oder wird er, Franzi, gezwungen sein, den Gürtel enger zu schnallen? Wird der Vorfall seine Karrierechancen zunichte machen? Wohin würde der Vater, sollte er vom Russen gefangen genommen werden, gebracht werden, und wie lange könnte es dauern, bis er zurückkehrte? Was passiert, wenn er vermisst wird und sein Verbleib nicht geklärt werden kann? Und wäre der Sohn automatisch das Oberhaupt der Familie, würde der Vater fallen? Jedenfalls konnte dem Buben die Abreise des Vaters, der seit dem Empfang des Einberufungsbescheides als sein personifiziertes schlechtes Gewissen unter demselben Dach wohnte, nicht schnell genug stattfinden. Ja, selbst die Aussicht, den stumm vor sich hergetragenen Vorwurf des Vaters zwei weitere Tage erdulden zu müssen, empfand er als Zumutung.

So lang dem Jungen diese achtundvierzig Stunden erschienen, so kurz erschienen sie seinen Eltern.

Wenig Zeit zum Abschiednehmen. Und wenig Zeit zum Packen. Doch viel einzupacken gab es ohnehin nicht. Ein Hemd, zwei Paar Stutzen, drei Garnituren Unterwäsche, zwei lange Unterhosen, eine Badehose sowie Wasch- und Rasierzeug waren rasch in den kleinen braunen Koffer aus Karton gelegt. Den verbliebenen Platz füllte die Mutter mit Lebensmitteln: ein Laib Brot, zwei Gläser mit eingelegtem Sauerkraut, ein Glas mit Schmalz, drei Äpfel, einige Karotten. Als dies erledigt war, ging Franz mit seiner Frau nach draußen und demonstrierte ihr – zum wahrscheinlich bereits zehnten Mal –, wie die schwere Eisenstange durch die Ringe geschoben und wie das massive Vorhängeschloss angebracht werden mussten, um zu gewährleisten, dass das Tor auch unter wiederholten Kolbenhieben nicht aufspringen würde. Immer wieder drückte er dabei mechanisch abwechselnd auf die Klinke und gegen die Schlagleiste, um zweifelsfrei zu belegen, dass der von ihm erdachte Schutzmechanismus seine Schuldigkeit tun würde. Franzi beobachtete, am Fenster zum Hof hinter der Gardine stehend, diese ihm unsinnig erscheinenden und zudem zwanghaft anmutenden Bewegungsabläufe des Vaters.

Abends kochte Mizzi die Leibspeise ihres Mannes: Schweinsbraten mit Erdäpfelknödeln und Sauerkraut. Das Bauchfleisch war gut durchzogen, die Knödel hatten die richtige, gummiartige Konsistenz, das Sauerkraut duftete. Hätte nicht der Pfeffer gefehlt, hätte an diesem Abend niemand gemerkt, dass Krieg herrschte. Und dass Franz vielleicht schon in den nächsten Tagen in diesen werde ziehen müssen. Nach dem Nachtmahl kamen jene Mitglieder der Familien Reiter und Schindl, die nicht selbst eingerückt, arbeits- oder krankheitsbedingt verhindert waren, um einen weiteren der Ihren, den sie vielleicht nie wiedersehen würden, zu verabschieden. Man nickte einander aufmunternd zu, klopfte einander auf die Schulter und blickte einander – wenn es hoch herging – zwei Herzschläge lang tief ins Auge. Dann ging man.

Auch beim Frühstück am nächsten Morgen wurde kaum gesprochen. Der Vater trank schweigend seinen Zichorienkaffee und verzehrte lustlos sein Ei und sein Butterbrot. Ein paar Mal seufzte er, zweimal ermahnte er seine Frau, brav und gesund zu bleiben, und versprach ihr, seinerseits auf sich achtzugeben. Als sich die Eltern mit Mänteln, Handschuhen und Hüten zum Aufbruch rüsteten, schlüpfte auch Franzi in seine fellgefütterte Jacke, wickelte den dicken, kratzenden Wollschal, den er zu Weihnachten von der Großmutter geschenkt bekommen hatte, zweimal um den Hals und zog die Winterstiefel an. Als der kleine Trupp das Haus verließ, dämmerte, während am Himmel noch die Sterne standen, im Osten ein fahler Morgen. Der Schneefall der vergangenen Tage hatte am Abend aufgehört, die Nacht war klirrend kalt gewesen und so knirschte der Schnee unter den Schritten der dem Bahnhof zustrebenden Familie. Franzi ging im Abstand von einigen Schritten hinter seinen Eltern her. Die Mutter hatte sich bei ihrem Mann eingehängt. Im unsicheren Gegenlicht wirkten die beiden auf ihren Sohn wie ein leise schaukelnder Fels, ein Findling, der von einem urzeitlichen Gletscher vor sich hergeschoben wurde. Einzig die kantigen Umrisse des Koffers in der Hand des Vaters störten das rund-wogende Bild.

Als man nach etwa fünfzehn Minuten die Bahnunterführung hinter sich gelassen hatte und in die Bahnhofstraße einbog, bemerkte Franzi, dass sich nicht nur seine Familie auf diesen schweren Gang begeben hatte: Dutzende Menschen strebten dem Bahnhofsgebäude zu. Das beruhigte den Jungen. Denn zum einen war damit der Makel der strafweise erfolgten Einberufung des Vaters leichter zu übersehen, und zum anderen konnte der Führer beim Abwehrkampf gegen die Russen jeden Mann brauchen. Nach und nach verschluckte das lang gestreckte schönbrunnergelbe Bahnhofsgebäude im dünnen Licht der winterlichen Morgendämmerung einen nach dem anderen. Die überdimensionierte Halle, die aufgrund ihrer türkisfarbenen Kachelung an einen riesigen Operationssaal erinnerte, war erfüllt von gedämpftem Gemurmel. Dicht aneinandergedrängt standen die Abschiednehmenden beisammen. Zu den anderen Gruppen hielt man, einem unausgesprochenen Gesetz des Anstands folgend, einen gehörigen Respektabstand. Niemand wollte Zeuge der Emotionen der anderen werden. Und niemand wollte, dass die eigenen Gefühle für die anderen sichtbar wurden. Für die Unbegleiteten waren diese Momente wohl besonders schlimm. Jetzt erwies es sich als vorteilhaft, dass die Mutter durch ihre seit einigen Tagen bestehende morgendliche Übelkeit den Aufbruch der Familie etwas verzögert hatte. Solcherart war die Wartezeit, von der man ohnehin nicht wusste, wie man sie überbrücken sollte, verhältnismäßig kurz. Trotzdem entstanden zwischen den halb gesagten Gemeinplätzen, die die Eltern austauschten, Gesprächspausen, die den Sohn peinlich berührten.

Bald darauf fuhr der Zug nach Wien mit lang gezogenem Pfiff in die Station ein. Die Angehörigen umarmten die Einrückenden ein letztes Mal, Tränen flossen, Taschentücher wurden gezückt, Nasen geräuschvoll geputzt. Der Vater drückte die Mutter noch einmal fest an sich, machte sich dann mit einem Ruck von ihr los und wandte sich dem unterirdischen Abgang zu, der zu den Bahnsteigen führte. Er war die ersten Stufen schon hinabgestiegen, als er sich auf dem Treppenabsatz noch einmal umdrehte und seinem Sohn einen langen Blick zuwarf. Um ihn herum strömten die anderen Männer dem Perron zu. Wie ein Felsblock in der Lainsitz teilte Franz Schindl den Fluss der künftigen Kameraden. Neben und hinter ihm kam es zur Bildung von Stockungen und Strudeln. Gab es ein baldiges Wiedersehen? War es ein Abschied für lange Zeit? Einer für immer? Wer konnte das wissen. Trotzdem kam keinem der beiden ein Wort über die Lippen, hob keiner die Hand zum Gruß. Scheinbar ohne Regung drehte sich Franz weg und verschwand im Dunkel des unterirdischen Ganges und der vor ihm liegenden Zukunft.

Starr verharrte Franzi noch eine Zeit lang an Ort und Stelle. Stumm starrte er auf die nun menschenleere Fläche. Dabei stellte er fest, dass das geflieste Viereck nicht exakt quadratisch war. Jeweils vier der honiggelb und dunkelbraun gemusterten Fliesen bildeten ein diagonal angeordnetes Quadrat. Daraus ergab sich ein Schachbrettmuster. Da das Plateau aber etwas länger war als breit, hatte auf der linken Seite eine zusätzliche Fliesenreihe eingefügt werden müssen, sodass dort halbe braune Quadrate an das mäanderförmige Randfries anstießen, während auf der anderen Seite halbe gelbe Quadrate den Abschluss des Fliesenteppichs bildeten. Anders betrachtet könnte man auch sagen, dass rechts eine Reihe fehlt, überlegte Franzi. Dann wandte er sich ab.

***

8.III.45

Meine Lieben.

Nun die Herzlichsten Grüße von meinen Standort wo wir jetzt bleiben werden, sind noch alle in einem gwader beisammen und sind noch alle Gesund, was man alles beim Baras umgewönen wird das ist ser viel, auch wird man ganz anders, es wird schon werden wenn ich laufend von euch Post beckomme, besonders wenn noch alles gesund und Gottseidank nichts weiter los ist. bis jetzt habe ich noch keine Lebenszeichen von niemand, es war auch nich möglich, ich hab ja geduld, das wichtigste ist ihr seit noch gesund und am Leben. Über das wo wir sind brauch ihr euch nich abstudieren, auch sagt dem Ernst immer bescheid einstweilen. Auch habe ich manches schon durchgemacht, mahn gewohnt schon langsam alles, auch die Abstellung war ser überaschent gekommen, mahn kann halt nichts endern, das einzig was gud ist daß der Ernst noch zuhause bleiben kann. Man mus alles laufen laßen so ist halt am besten. In Zneim war es ganz schön, da gabs ihmer bekannte. auserdem war es doch nicht weid. Um die RaucherMarcken könnd ihr für euch nehmen, Essen habe ich noch ein wenig von zuhause, und wo wir sind gibz noch vile sachen, noch was bei uns nicht gibt. über mich brauch auch wirglich nicht absorgen, besonders du liebe (Mutti). recht gesund und Gott wird es schon wider alles gutmachen, was das bedrift werde ich doch schon zuhause sein bei auch, Franzi mus halt recht brav sein, auch Milla soll sich halt rech wahrm halten, geht ihr halt recht ins Kino wens noch ist, wir sind jetzt in der einöde. last mir nur recht herzlich grüßen, auch den Komareck, dann den Ernst, den Dinstl. Jetzt weis ich schon was Milidär heist. Gruß an Gatawe.

***

Wie angenehm warm die Sonne scheint. Das wird sicher ein schöner Frühling. Noch liegt ein bisschen Schnee, noch führen die Flüsse Hochwasser. Aber bald geht das Wasser zurück und die Ernte könnte gut werden. Blut ist ein guter Dünger, sagt man. Und Blut ist, weiß Gott, genug vergossen worden auf den Feldern Europas. Auch mein Blut wird diesen tschechischen Acker ein wenig fruchtbarer machen. Viel ist es ja nicht, was da aus der Wunde an meinem Oberschenkel sickert. Ein Steckschuss. Daran stirbt man nicht. Eigentlich ein Glücksfall, ein 1000-Gulden-Schuss. Im Normalfall eine sichere Fahrkarte nach Hause. Bloß, der letzte Zug in Richtung Heimat ist abgefahren, und die Wunde hört nicht auf zu bluten. Und gehen kann ich auch nicht. Also muss ich wohl in diesem Graben liegen bleiben und warten. Ein wenig rasten, nur kurz ausruhen. Ausruhen … Er ruht in fremder Erde, steht auf dem Grabstein vom Poldi Graf. In Wirklichkeit nagen im Donezbecken die Tiere an dem, was die Granaten von ihm übrig gelassen haben. Von wegen Ruhe! Gefallen für Führer, Volk und Vaterland. Das ist auch so einer von diesen Sätzen, die man in den letzten Jahren oft liest. Gefallen! Was für ein Unsinn! Als ob einer gestolpert wäre, ausgerutscht. Auf einer Bananenschale. So wie der Charlie Chaplin in seinen Filmen. Mein Gott, wie lange ist das her, dass ich mit der Mizzi im Kino war? Eigentlich nur ein paar Monate. Kommt mir aber vor wie Jahre! Was hat der Poldi auch in der Ukraine zu suchen gehabt? Weder einen Hof noch einen Schrebergarten hat er dort vor den slawischen „Untermenschen“ zu verteidigen gehabt. Es war wohl eher umgekehrt. Der Hitler wollte den Russen ihr Land wegnehmen. Die haben sich das halt nicht gefallen lassen. Das kann man ihnen gar nicht übel nehmen. Volk ohne Raum, Raum ohne Volk. Was für dämliche Parolen sich die Nazi-Bonzen ausgedacht haben. Dass das nie jemandem aufgefallen ist, welchen Schwachsinn die uns eingeredet haben. Hat aber nicht ganz gestimmt, das mit dem Raum ohne Volk. Da war ein Volk. Und das Volk wollte seinen Raum nicht hergeben. Das kann man verstehen. Das sind Bauern. So wie die Eltern von der Mizzi. Welcher Bauer gibt freiwillig sein Land her? Und dann haben die Russen mit dem Hitler dasselbe gemacht wie mit dem Napoleon damals. Sie haben sich zurückgezogen und den Hitler mit seinen Armeen ins Leere rennen lassen. In den Raum ohne Volk. Und dann ins Messer. Dass der Führer das nicht kapiert hat! Was für ein blödes Wort: Führer! Verführer wäre eigentlich passender. Rattenfänger würde es auch treffen. Und jetzt hockt der Führer wie eine Ratte in seinem Führerbunker.

Ich würde so gerne den Sommer noch erleben. Ich möchte erleben, wie die Mizzi unser zweites Kind auf die Welt bringt. Ich hoffe, es wird ein Mädchen. Denn Mädchen werden nie Soldaten. Und Piloten wollen sie auch nicht werden. Ein Sohn und eine Tochter. Mehr kann ein Mann vom Leben eigentlich nicht erwarten: eine brave und fleißige Frau und zwei gesunde Kinder. Und Frieden. Endlich wieder Frieden. Und keine Angst mehr. Keine Angst mehr vor den Nazis. Keine Angst mehr vor der SS und vor der Gestapo. Keine Angst mehr vor den Bomben. Wenn das Kind auf die Welt kommt, werden die Nazis weg sein. Und die SS. Und die Gestapo. Und die Bomben. Der Krieg ist verloren. Daran gibt es seit Stalingrad keinen Zweifel mehr. Die Nazis werden weg sein. Dafür werden die Russen da sein. Und ich werde die Mizzi, den Franzi und das Neugeborene nicht beschützen können. Ich werde hier entweder verbluten oder die Russen schicken mich nach Sibirien. Wenn sie mich nicht erschießen. Oder aufhängen. Keine fünfzig Kilometer entfernt von Frau und Kind und trotzdem nicht in der Lage, ihnen beizustehen. Ein lächerlicher Steckschuss, und trotzdem hilflos wie ein Kind. Ob der Franzi die Mizzi und das Butzerl wird beschützen können? Mit seinen dreizehn Jahren? Mein Gott, der Franzi! Hat sich auch blenden lassen vom Glanz des Führers. Hat sich beeindrucken lassen von der großen nationalsozialistischen Idee. Von der Vorstellung, dass die Tüchtigen und die Tapferen etwas werden können im Großdeutschen Reich, auch wenn sie Söhne von Schlossern und Hilfsarbeiterinnen sind. Bei der HJ hat man ihnen das beigebracht. Eingetrichtert hat man ihnen diese größenwahnsinnige Vorstellung. Wenn einer schneller rennen oder kräftiger zuschlagen kann als der Sohn des Fabrikanten, dann steht er eben weiter vorne im Glied. Dann kann er dem verzogenen Muttersöhnchen vom Schuldirektor was anschaffen. Und der wird ausgelacht, wenn er beim Geländespiel in den Dreck fällt und zu plärren beginnt. So haben sie die Kinder verführt. Indem sie ihnen Macht über andere gegeben haben. Macht über die Feiglinge, Macht über die Faulen. Macht über die Schwachen. Und wer flink wie ein Windhund, zäh wie Leder, hart wie Kruppstahl ist, der ist etwas wert in den Augen des Führers. Der bekommt eine braune Uniform, weiße Stutzen und ein Koppel. Dazu eine Trommel zum Lärmmachen. Und zum Mutmachen, zum Sich-selbst-Mutmachen. Dazu eine Fahne. Und natürlich eine Fackel. Zum Anzünden von Synagogen. Dann eine Hacke. Zum Erdäpfelausgraben. Später einen Karabiner. Zur Vernichtung von Untermenschen. Ja, die deutsche Jugend! Die hat der Führer geschenkt bekommen. Zum Geburtstag.

Das muss man sich einmal vorstellen. Einen ganzen HJ-Jahrgang bekommt dieser Mörder geschenkt. Und was hat er mit den jungen Männern gemacht? Verheizt hat er sie. In Frankreich, in Afrika und in Russland. Und trotzdem haben sich alle verführen lassen. Erst haben sie geglaubt, dass alles besser wird, dann haben sie geglaubt, dass es schon nicht so schlimm wird. Haben an den Hitler und sein Gebell von der Vorsehung geglaubt. Auch mein Bub.

Wie oft haben wir gestritten? Du verstehst das nicht, Vater, hat er gesagt. Das ist eine neue Zeit, Vater. Schau dich doch an, hat er gesagt: Du hast oft vierzehn Stunden in der Fabrik geschuftet und konntest trotzdem deine Familie kaum ernähren. Dann hast du deine Arbeit verloren und hast stempeln gehen müssen. Hast bitten müssen um Arbeit. Beim Fabriksdirektor, beim Grafen. Haben dir da deine Genossen vielleicht helfen können? Haben sie nicht! Und dass wir nicht verhungert sind, hast du nur der Familie von der Mutter zu verdanken. Weil die den deutschen Boden bebaut hat. – Deutscher Boden! So ein Blödsinn! Das ist österreichischer Boden, auf dem die Felder der Reiterischen liegen. Und es ist tschechischer Boden, auf dem ich jetzt liege und warte. Hoffentlich sind die Kameraden noch in der Nähe. Hoffentlich finden sie mich, bevor die Russen kommen.

Der Macho Karl war vorhin noch neben mir. Ob es ihn auch erwischt hat? Ich höre aber nichts. Also ist er entweder unverletzt oder tot. Überhaupt ist es seltsam still. Wenn da in der Ferne nicht das MG-Geknatter wäre, käme niemand auf die Idee, dass hier Krieg herrscht. In ein paar Tagen ist Ostern. Ob das die Russen auch so feiern wie wir?

Warm wird es hier im Graben. Es muss schon spät am Vormittag sein. Tatsächlich, fast elf Uhr. Die Uhr hätte ich doch besser dem Franzi dagelassen. Das Hochzeitsgeschenk vom Dschingis Khan. Da hat sich der Vater nicht lumpen lassen. Hat sicher lange gespart dafür. Ja, die Sparsamkeit in der Familie ist sprichwörtlich. Der Vater raucht seine Virginier nach dem Mittagessen immer nur zur Hälfte. Dann dämpft er sie aus, steckt den Rest zurück ins Etui und zündet sich die zweite Hälfte erst nach dem Abendessen an. Nie raucht er mehr als eine pro Tag. Und um sich die goldene Uhr leisten zu können, hat er ein paar Jahre lang nur eine halbe geraucht. Die Abendhälfte sozusagen. So hat er sich die goldene Uhr vom Mund abgespart. Und ich Dummkopf habe sie mitgenommen. Als Glücksbringer.

Es wird immer wärmer. Ich werde mir den Rock aufknöpfen. Zu dumm, dass ich kein zweites Taschentuch dabeihabe. Meines ist schon ganz vollgesogen. Verbandszeug hab ich auch nicht. Auch keine Verpflegung und kein Wasser. Ich hätte den Tornister nicht abstellen sollen, wie ich mich in die Büsche geschlagen habe. Aber ich hab so dringend austreten müssen. Das war sicher die Kälte in der Früh. Und es konnte ja niemand ahnen, dass der Russe bereits so nah ist. Die Panzergräben, die wir da ausheben sollten, kommen jedenfalls zu spät. Ganz abgesehen davon, dass so ein kleiner Graben einen russischen Panzer nicht lange aufhält. Sperr- und Sicherungsmaßnahmen nennen das die Großkopferten. Was helfen Straßensperren, wenn sie umfahren werden können? Tja, meine Herren Nazis. Bei einem solchen Betrieb kommt die preußische Gründlichkeit zu spät!

Das nächste Dorf ist weniger als einen Kilometer entfernt. Chrlice heißt es, wenn ich mich recht erinnere. Als wir vergangene Nacht dort Quartier bezogen haben, war es verlassen. Vielleicht kann ich es schaffen, mich in der Dunkelheit irgendwie dorthin zurückzuschleppen. Wenn ich einen Ast finde, auf den ich mich stützen kann, könnte es gelingen. In dem Dorf gibt es sicher Verbandszeug, Wasser und etwas zu essen. Aber vorher muss ich die Blutung stoppen. Am besten mit der Uniformbluse. Damit binde ich den Oberschenkel ab. Das haben sie uns als letzte Möglichkeit geraten, in der Grundausbildung in Znaim. Es besteht zwar die Gefahr, das Bein zu verlieren, aber besser das Bein als das Leben. Also los, die Bluse zusammenrollen, um den Oberschenkel legen und fest zusammenknoten. Ah, verdammt, das tut weh. Hilft nichts! Reiß dich zusammen, Franz Schindl! Zähne zusammenbeißen, Arschbacken zusammenkneifen! Genau wie beim Drill. Na, bitte, geht ja. Es tropft nicht mehr so stark … Jetzt hört es sogar ganz auf zu bluten. Gut gemacht. Jetzt darf ich nur nicht entdeckt werden. Nicht von den Russen, aber auch nicht von den Feldjägern. Denn das sind die schärfsten Hunde von allen. Die zerren noch halbe Leichen vors Kriegsgericht. Total fanatisch sind die, was den Glauben an den Endsieg betrifft. Die kennen keinen Spaß. Wenn man Pech hat, erschießen die einen auf der Stelle. Standrechtlich. Oder sie knüpfen einen am nächstbesten Baum. Und hängen einem dann ein Schild um mit der Aufschrift: Verräter. Die sind um nichts besser als die Kerle von der Waffen-SS. Was die vor ein paar Tagen mit den Alten und Buben in dem Dorf da hinten gemacht haben, eine Schande ist das! Die Buben haben sie gezwungen, Gruben auszuheben. Dann haben sie die Alten sich nackt ausziehen lassen und vor den Augen der Kinder erschossen. Die mussten dann Erde auf die Leichen schaufeln. Und dann haben sie die Buben auch erschossen. Wie kann man nur so etwas Entsetzliches tun? Das können doch keine Menschen sein. Tiere sind das! Nein, noch schlimmer als Tiere. Denn so etwas würde kein Tier jemals einem anderen antun. Und das alles nur, weil in einem Haus eine weiße Fahne aus dem Fenster gehängt worden ist. Flaggenbefehl vom Reichsführer SS Himmler: *Aus einem Haus, aus dem eine weiße Fahne erscheint, sind alle männlichen Personen zu erschießen. Es darf bei diesen Maßnahmen keinen Augenblick gezögert werden.* Und nachdem in dem Haus mit der weißen Fahne keiner gefunden werden konnte, hat man einfach alle Buben und Greise des Dorfes liquidiert. Auch eine Art von Logik! Also, Franz, zusammenrollen, kleinmachen, einigeln. Und keinen Mucks. Dann hast du eine Chance zu überleben und die Mizzi und die Kinder wiederzusehen. Du musst durchkommen, Franz. Musst das hier irgendwie überleben. Dann hast du gewonnen, dann ist alles gut. Nach dem Krieg werden sie Schlosser wie dich sicher brauchen können. Und bei den Sowjets hast du als Roter sowieso einen Stein im Brett. Da kannst du sicher bald Vorarbeiter werden. Und Arbeit wird es mehr als genug geben. Das ist das einzig Gute an so einem verdammten Krieg. Während es vorher für viele oft keine Arbeit gibt, gibt es nachher Arbeit für alle. Für alle, die noch leben, die noch ihre Arme und Beine haben. Also, Franz, halt durch. Reiß dich zusammen und schau, dass du aus dieser Scheiße halbwegs unversehrt herauskommst. Dann kannst du genug verdienen, um dir ein neues Motorrad zu kaufen. Der Franzi kann das Gymnasium fertig machen und vielleicht einen Posten bei der Gemeinde finden. Und auch sein Geschwisterl kann was Ordentliches lernen. Wenn es ein Bub wird, kann er bei der Post unterkommen. Und wenn ich eine Tochter bekomme, kann sie Maschinschreiben lernen und Kurzschrift und in einem Büro arbeiten. Ich kann ihnen beiden ein Haus bauen, und wenn sie Kinder haben, werde ich gemeinsam mit der Mizzi auf sie aufpassen, damit die Eltern arbeiten gehen und genug Geld verdienen können. Denn auch wenn die Schwiegermutter immer sagt „ehs mit engan verfluchten Göd", so ist es doch besser, ein Geld zu haben, als arm zu sein. Ich mein, sie hat schon recht, die alte Reiterin, das Geld kann man nicht essen ... Ich sollte nicht ans Essen denken, ich hab eh schon so einen Hunger ... Man muss dankbar sein, dass man in diesen schweren Tagen bei seiner Einheit eine Heimat hat, hat uns der Hauptmann gestern gesagt. Und dass man es nirgends besser haben könnte als in der festgefügten Kameradschaft der Kompanie. So was in der Art ist im Tagesbefehl für das Regiment gestanden. Also ehrlich, ich kann mir eine Menge Orte vorstellen, wo es mir jetzt besser gefallen würde als in diesem Graben neben dem Bahndamm. Und daheim fühle ich mich hier sicher nicht. Im Gegenteil. Was geht mich der depperte Bahnhof von Brünn an. Wenn der Ivan den Bahnhof haben will, so soll er ihn doch in Gottes Namen haben. Sobald ich in einem Zug heim nach Gmünd sitz, brauch ich den Brünner Bahnhof wie einen Kropf. Aber auch das Grübeln ist ein Übel, haben sie uns gesagt. Das Grübeln über Probleme der Zukunft sollen wir besser unterlassen, haben sie uns gesagt, denn das belastet den Soldaten nur. Das Einzige, woran wir denken sollen, ist der Befehl, unsere Stellungen zu halten. Um jeden Preis. Und angeblich haben wir schon oft genug bewiesen, dass wir Stellungen verteidigen können. Komisch nur, dass wir immer wieder Stellungen halten müssen, nachdem wir kurz zuvor andere Stellungen aufgeben sollten. Aber das ist natürlich etwas ganz anderes. Frontbegradigung heißt das dann. Oder Frontverbesserung. Der reine Hohn! Der Versuch, die Front hier entlang der Bahngleise zu verbessern, ist schuld daran, dass ich hier liege. Das Einzige, was ich machen kann, ist zu warten, bis die Front über mich drübergezogen ist und sich weiter nach Westen verschoben hat.

Plötzlich hörte Franz von der anderen Seite des Bahndammes her das Rutschen von Kies. Als er aufschaute, standen zwei russische Infanteristen über ihm. Ihre Maschinenpistolen hatten sie im Anschlag.

Ruki vverch! Stojat! Idi sjuda, Cherman! – Hände hoch! Keine Bewegung! Komm heraus, Hermann!

Franz wollte aufstehen, sackte aber sofort wieder zusammen.

Dawai, dawai!

Ich nix Hermann. Ich Österreicher. Ich kann nicht aufstehen, Towarischtsch! In meinem Bein steckt eine Kugel. Schau her, Towarischtsch, alles voller Blut. Bitte, nicht schießen. Ich bin unbewaffnet. Mein Gewehr hab ich vorhin verloren. Ich hab einen Buben zu Hause. Und eine Frau. Sie ist schwanger. Bitte, nicht schießen!

Die beiden Rotarmisten wechselten ein paar Worte.

Ur! Urr!, sagte der eine und deutete auf Franz' Handgelenk.

Ja, Ur. Schöne Uhr. Aus Gold. Ihr könnt sie gerne haben. Bitte sehr.

Der Ältere, ein dunkler, struppiger Mensch mit asiatisch geschnittenen Augen steckte die Uhr in seine Uniformjacke und sagte wieder etwas zu seinem Kameraden, was Franz nicht verstand. Als der junge Soldat seinen Vorgesetzten fragend ansah, machte dieser eine unmissverständliche Handbewegung quer zum Hals.

Nein, nicht erschießen, bitte. Ich habe zwei Kinder und eine Frau. Bitte!

Franz reckte dem Rotarmisten flehend die Hände entgegen. Der junge Mann war fast noch ein Kind. Siebzehn, höchstens achtzehn Jahre alt. Unter seinem Stahlhelm hing eine blonde Strähne in die Stirn. Er hatte blaue Augen und breite Backenknochen. Ein Weißrusse wahrscheinlich. Einige Sekunden lang blickten die beiden Männer einander an. Er könnte mein Sohn sein, dachte Franz. Dann zuckte der Russe mit den Schultern und drückte ab.

***

12.III.45

Meine Lieben drei.

Auf mein laufendes Schreiben seit ihr recht herzlich gegrüßt, auserdem habe ich noch ihmer von euch keine nachricht, aber da last sich vorstelen da es weit ist, und alles so schnell gekommen ist, auch kann man da nichts nach schicken, könte öfters was brauchen aber das komt halt bei allen vor, und mahn gewöhnd es wer schon! neugierig ob was los ist. Um mich brauch auch nich sorgen den ich bin noch ganz gesund was ich bestimmd von euch ist. Beckamen schon Dienstag Geld wo wir uns dan Zubesern können daß es mehr ist. der Betrib geht jetzt recht fleisig, da muss mahn jede Zeit ausnüzen, was das Essen anbelangt ist es ser gut, auch mir schmeckt es. das Brot ist mahn mer als zuhause, mahn ist ja den ganzen Tag auf der Luft. hofentlich habt ihr von mir di Post laufend bekommen. auch wird es mit der Post lenger dauern da es zu uns her über Presburg geht, und ser weite ist, schreibe gerade in der Mitagbause, auserdem vergeht die Zeit, sind schon 14 Tage um, wie lange die ausbildung dauert wissen wir nicht, auch wegen den Schreiben müst ihr auch alle gemeinsam erzelen, das wichtigste ist, ihr und ich bleiben gesund, wegen der schlechte schrift werden wir dann Mündlich besprechen. last den Ernst (sind in Zlín) herzlich Grüßen sowie den Dinstl und Ko-

mareck, er weis schon, wegen den Briefen kan ich auch erst antworten bis ich einen bekomen habe, Nun was ist mit auch beiden Streiter los, wie vertragt auch denn? last auch alles rech gut schmecken und denckt halt dabei an mich. Auch die brave Milla soll gesund bleiben. Mit Gruß und Kuß vom Vatter

***

Das Erste, was Franz wahrnahm, war Kälte. Eine Kälte, die unter die Haut kroch und in die Knochen. Es ist sogar zum Zittern zu kalt, dachte er, und beschloss, das Öffnen der Augen zu verweigern. Wenn ich die Augen nicht aufmache, geht die Kälte vielleicht vorbei. Dann sterbe ich endlich ganz und muss nie wieder frieren. Auch Durst werde ich nie wieder spüren. Was für eine schöne Vorstellung.

Doch weder verging die Kälte noch der Durst. Und Franz starb auch nicht. Stattdessen begann er doch zu zittern. Und schließlich zwang ihn der Durst dazu, wenn auch widerwillig, die Augen zu öffnen. Noch immer lag er in dem Graben neben dem Bahndamm. Die Sonne war hinter den bewaldeten Hügeln untergegangen, das Licht des Frühlingsabends war hechtgrau. Stahlblau schimmerten matt die letzten Schneezungen im Schatten des Grabens. Das Nächste, was Franz registrierte, war ein bohrender Kopfschmerz. Er wollte die Hand ausstrecken und die schmerzende Stelle untersuchen. Doch der Arm war steif und gefühllos. Beharrlich verweigerte er seinen Dienst. Ich bin wahrscheinlich zu lange auf dem Arm gelegen. Daher schob Franz den anderen Arm nach oben und tastete mit dem Zeigefinger die Schläfe ab, dort, wo der Schmerz pochte. Umgeben von einer verkrusteten Schwellung klaffte ein länglicher Riss in der Haut.

Die ganze Breite des Fingers hatte darin Platz. Da fiel Franz wieder ein, was passiert war, bevor er das Bewusstsein verloren hatte. Die beiden Russen, die ihm seine Uhr abgenommen hatten. Der Befehl des Älteren, ihn zu liquidieren. Die wasserblauen Augen des jungen Mannes. Sein Achselzucken. Die Krümmung des Fingers am Abzug.

Er muss schlecht gezielt haben. Mit oder ohne Absicht. Jedenfalls hat mich offenbar nur eine Kugel getroffen. Oder vielmehr gestreift. Mein Gott, Franz, du hast ein verdammtes Glück gehabt.

Auf die Ellenbogen gestützt, robbte Franz in seinem Graben hinüber zu den Schneefeldern. Dort angekommen, löste er mit steifen Fingern kleine Brocken aus dem Firn, steckte sie in den Mund und ließ sie schmelzen. Dem Buben hab ich immer gesagt, dass er keinen Schnee essen soll. Davon kriegt man Halsweh. Aber er hat sich das nie ausreden lassen. Sobald er ein paar Augenblicke unbeobachtet war, hat er sich ganze Hände voll in den Mund geschoben. Beim Rodeln, später beim Skifahren auf dem Hügel hinter der Eisert-Kolonie … Was für blöde Sachen einem einfallen, dachte Franz und achtete darauf, möglichst kleine Portionen langsam auf der Zunge schmelzen zu lassen. Auch wenn dies angesichts seiner Lage lächerlich erschien, wollte er eine Halsentzündung vermeiden. Als der ärgste Durst gelöscht war, überlegte er, wie er weiter vorgehen sollte. Vorsichtig erklomm er, so wie er es in der Grundausbildung gelernt hatte, auf den Ellenbogen robbend, den Hintern dabei fest auf den Boden gepresst den Rand des Grabens. Im kalten Licht des sterbenden Tages lag vor ihm die Ebene, die von den Geleisen nach Brünn durchschnitten wurde und deren östliche Begrenzung ein Streifen Mischwald darstellte. Von dort mussten die Russen gekommen sein. Das Unterholz bot perfekte Deckung. Vielleicht fünfzig Meter entfernt lagen nahe nebeneinander zwei gefallene Kameraden. Ihre Glieder waren auf bizarre Weise verrenkt, so als würden sie einander im Tode umarmen. Einer der beiden hielt den Karabiner noch in der Rechten. Nachdem in der näheren Umgebung nichts auszumachen war, was sich als Krücke eignen würde, beschloss Franz, das Risiko einzugehen und sich das Gewehr zu holen. Vielleicht finde ich bei den Gefallenen auch noch Munition oder sogar etwas Essbares. Also los, mach dich auf den Weg, Franz! Du willst ja schließlich nach Hause kommen zu Frau und Kindern.

Tatsächlich befanden sich im Brotbeutel von einem der Gefallenen zwei Scheiben Brot und in seiner Feldflasche ein wenig Wasser. Munition war jedoch keine da. Dank des Gewehrs, das ihm als Gehhilfe nützlich war, gelang es ihm, ein Gehöft am Rande des Dorfes zu erreichen, in dem die Waffen-SS die männlichen Bewohner exekutiert hatte. Der russische Stoßtrupp schien weitergeeilt zu sein, die Wege lagen menschenleer im schwachen Schein der schmalen Mondsichel. Franz entschied sich dafür, die Nacht auf dem Hof zu verbringen. Ins Haus traute er sich nicht hinein, lieber wollte er im Stall ein paar Stunden schlafen, wollte Kräfte sammeln für den Weg nach Hause. Im Heu richtete er sich, so gut es ging, ein und war nach wenigen Minuten eingeschlafen.

Ven s vámi! Ruce vzhůru! – Raus mit dir! Hände hoch!

***

Znaim, 10.III.45

Werte Cusine!

Du wirst verzeihen, daß ich Dich unbekannter weise so anspreche. Franz hat mich gebeten Seine Post zu erledigen. Franz ist am Mittwoch von hier abgestellt worden. Müßt jetzt von Ihm die neue Anschrift abwarten. Wir haben uns hier getroffen. Waren beide sehr erstaunt uns unter solchen Umständen zu treffen. Sende Dir die Briefe zurück. Denn von hier nachgeschickt muß Er sehr lange darauf warten. Mit der Post ist es ein fürchterlicher Wirrwarr. Hier ist nähmlich eine Durchzugs Kaserne. Habe den Umschlag entfernen müßen sonst hätten sie den Brief nicht angenommen. Ich habe selber noch keine Post bekommen.

Bei einem Brief an Seine Eltern hat Franz die Postangabe vergeßen. Werde denselben auch zurücksenden. Hoffentlich werden wier von diesem Verein bald erlöst sein. Also verzeihe mir, daß ich mich in dieser Sache eingemengt habe. Der dritte Brief glaube ich ist von Eurem Jungen. Wenn nicht bitte denselben zu erledigen. Hoffentlich werden wier uns noch persönlich kennenlernen. Wäre sehr erfreut. Bitte an Ernst und seine Familie die besten Grüße bestellen.

Sei herzlichst gegrüßt von Cusin Steiner Anton aus Marktl

Franz tut mir sehr leid, daß er die Briefe nicht mehr erreicht hat. Er wird sich an den nächsten desto mehr freuen.

***

Von der anderen Seite treiben die Tschechen den Macho Karl in den Hof. Die Arme hat man ihm ebenso wie Franz hinter dem Rücken gefesselt. Er schreit, heult, flucht, versucht, sich loszureißen. Dort, wo Karls rechtes Auge sein sollte, klafft ein zerklüftetes Loch. Das linke Auge ist unter der kantig hervortretenden Braue vor Schreck unnatürlich geweitet. Das Weiß des Augapfels bildet einen bizarren Kontrast zu dem blutig dreckverschmierten Gesicht, aus dem es hervorleuchtet. Mein Gott, Franz, die bringen uns um, die erschlagen uns wie die Ratten. Renn weg, wenn du kannst!

Ticho! Drž hubu, němci! Za chvíli to máš za sebou! – Ruhe! Halts Maul, Deutscher! Du hast es gleich hinter dir!

Ticho, das hat Franz verstanden, das heißt Ruhe. Němec heißt Deutscher. Das Übrige aber kann er nicht übersetzen. Da hab ich jahrelang mit tschechischen Kollegen zusammengearbeitet und kann nur ein paar Worte.

Trotz der Bedrohlichkeit der Situation hat Franz eine eigenartige innere Ruhe erfasst. Überdeutlich nimmt er die Szene wahr: Die Mitte des Hofes bildet ein beinahe mannshoher Misthaufen, etwas links davon und nach hinten versetzt steht das gemauerte Häuschen des Plumpsklos, das von zwei Fliederbüschen flankiert ist. Ein erstes zaghaftes Weiß sprießt aus den Knospen. Franz meint, den blumig-süßen Duft in der Nase zu spüren. Vielleicht ist das aber nur eine Einbildung, eine Erinnerung an frühere Zeiten …

Karl wird zu einem Schuppen gestoßen, in dem Brennholz gelagert ist. Im Halbdunkel des Verschlages erkennt Franz mehrere Haufen von Scheiten, die fast bis an die Decke reichen. Auch ein aus rohen Rundlingen gezimmerter Bock ist zu sehen, auf dem ein dünner Stamm liegt. Eine große Bogensäge baumelt an seinem freien Ende leise im Morgenwind. Neben der Tür steht im Freien ein wurmstichiger Hackstock. Darin steckt eine Axt, deren mittlerweile pockennarbig-rostiges Blatt einstmals grün lackiert war. Und zwar in einem ganz bestimmten Lindgrün, das Franz bekannt vorkommt. Genau so eine Axt hat der Dschingis Khan auch in seinem Schuppen, denkt Franz, und findet diese Beobachtung auf unbestimmte Weise tröstlich. Unsinnigerweise geht für ihn in diesem Moment von dem Umstand, dass die tschechischen Bauern hier die gleichen Werkzeuge in Verwendung haben wie ihre österreichischen Kollegen in Heidenreichstein, eine gewisse Beruhigung aus. Fast so, als bewiese das etwas wie grenzüberschreitende und völkerverbindende Solidarität.

Rechts vom Hackstock steht ein Leiterwagen, nein, eigentlich ist es ein einrädriger hölzerner Schubkarren, auf dem noch ein gutes Dutzend Halbmeterscheite aufgeschlichtet ist. Linkerhand liegen in wildem

Durcheinander auf dem morastigen Boden des Hofes die bereits zerkleinerten Holzstücke. Unwillkürlich muss Franz an ein überdimensionales Mikado-Spiel denken. Der Bauer ist wohl gerade beim Hacken des Feuerholzes gewesen, als unsere Leute angerückt sind. Ja, im April muss man oft noch tüchtig einheizen. Welches Datum haben wir eigentlich? Heute ist Freitag, oder? Ja, Freitag. Denn vor zwei Tagen, als wir hier im Dorf Quartier genommen haben, war Mittwoch. Und zwar der achtzehnte April. Den Feldpostbrief, den ich an dem Tag an die Mizzi geschrieben habe, konnte ich nicht mehr abschicken. Und jetzt haben ihn mir die Tschechen abgenommen, zusammen mit der Brieftasche und den Fotos … Himmelherrgott noch einmal! Demnach muss heute der zwanzigste sein.

Keimte beim Anblick des vertrauten Werkzeugs in Franz eine schwache Hoffnung auf, dass man diesem Schlamassel, wenn schon nicht unversehrt, so doch lebend entrinnen könnte, machte der Gedanke an den heutigen Geburtstag des Führers diese Zuversicht schlagartig zunichte. Denn dass die Tschechen aufgrund der Gemeinsamkeit der Zugehörigkeit zur Scholle Mitleid mit den mutmaßlichen Tätern haben könnten, stellte lediglich eine vage Möglichkeit dar. Dass die Hinterbliebenen der von den Soldaten ermordeten Dorfbewohner den Geburtstag des Mannes kannten, der Elend und Tod über ihr Land gebracht hatte, war hingegen wesentlich wahrscheinlicher. Und dass der Hass dieser Menschen auf alles Deutsche sie zu blindwütiger Rache befähigen werde, ist für Franz mit einem Mal als todsichere Tatsache in ihren Blicken zu lesen.

Karl wird von den Männern vor dem Hackstock auf die Knie gezwungen. Er zappelt und windet sich. Ein zahnloser, fast kahlköpfiger Alter greift zu einem Spaten und versetzt Karl mit dem flachen Blatt einen Hieb auf den Hinterkopf. Durch Karls Körper zuckt ein Schauer, er fällt nach vorn und sackt in sich zusammen.

Franz muss an den Kampf der Karpfen beim herbstlichen Abfischen der Teiche denken. Und an ein Erlebnis in seiner Kindheit. Er muss etwa vier Jahre alt gewesen sein. Damals hat ihn die Großmutter zu Weihnachten zu einem befreundeten Teichbesitzer mitgenommen. Dieser hat die Karpfen für das Abendessen mit einem großen Kescher aus einem gemauerten Becken geholt, die zappelnden Fische auf einen Holzblock gelegt und sie mit einem hölzernen Schlögel abgeschlagen. Lange Zeit hat Franz dieses silberne Zucken und den leisen Schauder nicht vergessen können, mit dem die Karpfen ihr Leben ausgehaucht hatten.

Die Umstehenden fluchen. Zwei von ihnen packen den Körper des Bewusstlosen. Ein junger Bursch, fast noch Knabe, zieht die Axt aus dem Holz. Der Bub muss ungefähr in Franzis Alter sein, denkt Franz. Was der Junge wohl in diesem Moment macht? Ist er in der Schule? Gab es vielleicht Alarm und er sitzt mit Mizzi im Keller? Oder haben sie auch noch die Kinder eingezogen und er muss schanzen? Vielleicht gemeinsam mit Dschingis Khan?

Franz fällt eine Geschichte ein, die ihm sein Vater erzählt hat. Im Weltkrieg ist er mit seinem Infanterieregiment in Ruthenien eingesetzt gewesen. Wochenlang lagen die Männer in den Schützengräben, tagelang donnerte Artilleriefeuer über ihre Köpfe hinweg. Eines Tages war ein Braunbär zwischen die Fronten geraten, verstört war er über das von Kratern übersäte Niemandsland getappt. Da schlug ein Schrapnell unweit des Bären ein und riss seine linke Hinterpfote weg. Er taumelte und fiel, versuchte sich aufzurichten und stürzte wieder. Wie wahnsinnig drehte sich der Bär im Kreis, wollte fliehen und konnte es nicht. In den folgenden Stunden sahen die Männer das verendende Tier sich vor Schmerzen winden, hörten es ohrenbetäubend brüllen. Die Soldaten hatten Ähnliches immer wieder mit verwundeten Kameraden erlebt. Oft genug waren sie dazu verdammt gewesen, untätig zuzusehen, wie sich die, mit denen sie noch vor Kurzem eine Zigarette geraucht, einen Bissen Brot geteilt hatten, mit aus den Höhlen tretenden Augen und mit gebleckten Zähnen vergeblich bemüht hatten, ihre Eingeweide zurück in ihre aufgerissenen Bäuche zu stopfen, ihre beinlosen Rümpfe zu den Reihen der Ihren zu schleppen. Ohnmächtig hatten sie mitangehört, wie die irren Schmerzensschreie in gotteslästerliche Flüche, in gemurmelte Gebete und schließlich in stilles Gewinsel übergegangen waren. Keinen der Männer hatte das kaltgelassen, mehr als einmal hatte der Hauptmann die Freunde des Brüllenden, Flehenden, Wimmernden mit vorgehaltener Pistole davon abhalten müssen, aus dem Graben zu springen, um dem Sterbenden zu Hilfe zu eilen. Doch aus unerklärlichen Gründen erregten die Qualen dieser unschuldig misshandelten Kreatur das Mitleid der Männer mehr als die Leiden ihrer Kameraden. So kam es, dass Heinrich Schindl in aller Seelenruhe die Leiter erklomm und aus dem Graben stieg. Niemand hielt ihn zurück. Und als ob das Auftauchen dieses einzelnen, ausgemergelten Gefreiten inmitten des seelenlosen Schlachtens ein geheimes Signal wäre, ein Appell an die schon seit Jahren verloren geglaubte Menschlichkeit, verstummte mit einem Mal das Maschinengewehrfeuer. Eine unwirkliche Stille legte sich über das Schlachtfeld, zerrissen nur von dem ohrenbetäubenden Gebrüll des

Bären. Langsam und erhobenen Hauptes ging, nein: schritt der schmächtige Soldat zwischen den Stacheldrahtverhauen und Bombentrichtern auf die russischen Linien zu. Auch dort gab es offenbar Männer, denen erst der Todeskampf dieses Tieres für einige Momente die monströse Unmenschlichkeit des Krieges vor Augen geführt hatte. Mit schlafwandlerischer Sicherheit näherte sich Heinrich dem am Boden liegenden Tier. In einiger Entfernung blieb er stehen, nahm den Karabiner von der Schulter, legte an, zielte – und erlöste den Bären von seinen Qualen.

Eine solche Erlösung erfleht Franz jetzt auch für Karl und sich.

Die anderen hieven Karl hoch und legen seinen Kopf auf den Hackstock. Zweimal gleitet Karls schlaffer Körper herunter. Darum schieben die Männer ihn näher heran und zwängen dabei seine Knie so weit auseinander, dass der nunmehrige Richtblock zwischen ihnen Platz findet. Auf diese Weise gelingt es schließlich, den Körper zu stabilisieren.

Der Bub mit dem Beil in der Hand blickt fragend in die Runde. Die anderen nicken stumm.

***

Heidenreichstein, am 16.12.1955

An das
Österreichische Rote Kreuz
Wien I
Milchgasse 1

Betrifft: Nachforschungen über den Verbleib eines vermissten Soldaten

Ich habe durch eine Pressemitteilung erfahren, dass nun das Russische Rote Kreuz auf Verlangen dem Österr. Roten Kreuz Nachricht über das Schicksal von vermissten Soldaten aus dem 2. Weltkrieg gibt. Da nun mein Vater seit den Kampfhandlungen im April 1945 im Raume der heutigen Slowakei vermisst ist, ersuche ich Sie mir mitzuteilen, welche Schritte ich unternehmen muss, um eventuell auf diesem Wege Nachricht über sein Schicksal zu erlangen. Meine Mutter hat bereits am 7.2.1946 über das Rote Kreuz Salzburg, Abt. Suchaktion, Nachforschungen angestellt.

Nachstehend einige Daten und Angaben soweit sie uns bekannt sind:

Franz Schindl, geb. am 10.9.1907 in Heidenreichstein, N.Ö., zuletzt wohnhaft in Gmünd III, Str. II, Nr. 28 (gehört nun zur CSR und heißt Ceske-Velenice),

Eisenbahnbediensteter, erlernter Beruf Schlosser, eingerückt am 24.II.1945 nach Znaim (nun CSR), letzte Nachricht aus Miava und Tili in der Slowakei, schrieb unter den Feldpostnummern Nr. 39.707 und Nr. 39.701. Die letzte Nachricht erhielten wir von einem Kameraden namens Johann Schalko, wohnhaft in Kotting-Hörmanns bei Gmünd, N.Ö., welcher angab, dass er angeblich bei einem Panzerangriff im Raume von Brünn von seiner Einheit getrennt wurde.

Ich ersuche um baldige Erledigung meines Schreibens und verbleibe hochachtungsvoll

Franz Schindl, Heidenreichstein 373, Bez. Gmünd, N.Ö., Sohn

Österr. Gesellschaft vom Roten Kreuz
Suchdienst Salzburg
Paris-Lodron-Straße 8a
Ruf 72525

S II-Sch/RKM-21087/58

Salzburg, am 2. Mai 1958

Herrn
Franz Schindl
Heidenreichstein / N.Ö.
Nr. 373

Betrifft: Verschollenen Franz Schindl, geb. 10.9.1907

Sehr geehrter Herr Schindl!

Wir teilen Ihnen höflich mit, daß wir aufgrund unserer Anfrage vom 5.4.1957 beim Exekutivkomitee der Allіance der Gesellschaften vom Roten Kreuz und vom Roten Halbmond in Moskau, von diesem nunmehr folgendes erfahren haben:

„Schindl Franz/Heinrich, geb. 1905 in Österreich, wurde am 13.8.1946 über Lager Nr. 36 Szigeth repatriiert."

Da wir wissen, daß Ihr Angehöriger nicht heimgekehrt ist, werden wir, ohne Rücksicht auf die vorstehende Auskunft, unsere Nachforschungen weiter betreiben und hoffen, daß wir auch Ihnen einmal einen klärenden Bescheid über das Schicksal Ihres Angehörigen geben können.

Mit vorzüglicher Hochachtung

Mussoni

Editorische Notizen

Die tragische Geschichte meines Großvaters begleitet mich seit meiner Kindheit. Immer wieder erzählte unser Vater meinen Brüdern und mir von der schicksalhaften Verspätung seines Vaters in den letzten Kriegstagen 1945. Zum Grund für das Zuspätkommen des sonst pedantisch pünktlichen Franz Schindl senior befragt, antwortete sein Sohn stets, dass er sich daran nicht erinnern könne. Gelegentlich erwähnte er auch die Feldpostbriefe, die das letzte Lebenszeichen des Soldaten Franz Schindl gewesen waren und die er in einer Dokumentenmappe verwahrte. Als ich mit den Recherchen für das Buch begann, bat ich meinen Vater, mir die Briefe zur Verfügung zu stellen. Er versprach mir, sie aus dem Lager, in dem er alte Bücher und nicht mehr benötigte Unterlagen aufbewahrte, zu holen. Die Suche nach ihnen blieb jedoch ergebnislos: Sie mussten mitsamt seinen Schulzeugnissen und anderen Dokumenten aus seiner Jugendzeit bei der Auflösung seines letzten Büros in Gmünd vor zwanzig Jahren verloren gegangen sein. Ich eruierte daher den aktuellen Mieter der ehemaligen Büroräume meines Vaters, schilderte ihm mein Anliegen und erhielt nach einigen Tagen die Auskunft, dass er im Keller zwei Kartons aus der Zeit des Umzuges gefunden hatte. Tags darauf fuhr ich ins Waldviertel. Nach meiner Rückkehr sichtete ich den Inhalt der Kisten. Erst im zweiten Karton und dort zuunterst fand ich eine abgewetzte Dokumentenmappe und in ihr eine Klarsichthülle mit den Feldpostbriefen meines Großvaters sowie der Korrespondenz meines Vaters mit dem Suchdienst der Österreichischen Gesellschaft des Roten Kreuzes. Zunächst zögerte ich mit dem Anruf bei meinem Vater. Es war schon spät am Abend und ich war unsicher, wie er auf den Fund der Briefe reagieren würde. Schließlich rief ich doch an und erzählte ihm von meiner Entdeckung. Nach einer langen Pause sagte er, dass er an diesem Tag, dem 110. Geburtstag seines Vaters, wie an jedem 10. September seit dem Jahr 1945 abends eine Kerze ins Fenster gestellt hatte, um ihm den Weg nach Hause zu zeigen.

Franz Schindl senior galt seit einem russischen Vorstoß am 20. April 1945 in der Nähe von Brünn als vermisst. Am 31. Dezember 1945 wurde er offiziell für tot erklärt. Trotz Kenntnis seiner letzten Feldpostnummern (39701 und 39707) konnte weder der Suchdienst der Österreichischen Gesellschaft des Roten Kreuzes noch die Deutsche Dienststelle für die Benachrichtigung der nächsten Angehörigen von Gefallenen der ehemaligen deutschen Wehrmacht Informationen über die

Einheit, in der Franz Schindl senior gedient hatte, oder über sein weiteres Schicksal liefern.

Maria Schindl musste nach dem Einmarsch der Roten Armee hochschwanger innerhalb weniger Stunden gemeinsam mit ihrem 13-jährigen Sohn aus Gmünd fliehen. Am 29. September brachte sie eine gesunde Tochter zur Welt.

Mein Vater trat nach der Ablegung der Matura in die Österreichische Bundesgendarmerie ein. Im Oktober 1951 wurde er Mitglied der Sozialistischen Partei Österreichs. Später übersiedelte er nach Wien, studierte berufsbegleitend Rechtswissenschaften und arbeitete bis zu seiner Pensionierung in der Privatwirtschaft.

Die meisten der geschilderten Begebenheiten haben sich tatsächlich so zugetragen. Die Namen der Personen sind teilweise erfunden.

Eine Kleinstadt in Niederösterreich in der Zeit des aufkommenden Nationalsozialismus und dann des Krieges. Der Autor erzählt auf berührende, stellenweise verstörende Weise davon, wie das totalitäre Regime von den Menschen und ihrem Denken Besitz ergreift, sie brutal und kompromisslos verbiegt oder, so sie Widerstand leisten, vernichtet. Anhand einzelner Schicksale wird gezeigt, dass die meisten Menschen sich willig dem Druck beugen und gehorsam die ihnen vom NS-Regime auferlegte Pflicht erfüllen, bis hin zur Ausgrenzung und Verfolgung von Juden und Andersdenkenden. Nur Einzelne wagen es, sich aufzulehnen.
Hier werden Geschichten erzählt, die überall in Österreich spielen könnten – und oft bis heute in den Menschen stecken, verdrängt und vergessen, bis sie irgendwann, oft völlig unerwartet, hervorbrechen. Ein kleiner, aber wichtiger Beitrag, um die schmerzliche jüngste Geschichte unseres Landes wenigstens ansatzweise zu begreifen.

Martin Pollack

© Archiv des Autors

Andreas Schindl, *1968 in Wien geboren, studierte Medizin in Wien und Photobiologie in Padua. Neben seiner Tätigkeit als Hautarzt publizierte er bisher einen Essayband, ein Sachbuch sowie Texte für den Rundfunk. 2018 veröffentlichte er sein Romandebüt. Der Autor ist Initiator und Jurymitglied des Literaturpreises „Gesund schreiben“ der Wiener Ärztekammer. Zuletzt bei Braumüller erschienen: Paurs Traum (2018).*

www.andreas-schindl.at

***

Leopold Paur, Sohn eines trunksüchtigen Landwirts in der Provinz, der im Wien des 18. Jahrhunderts Karriere als Hofadvokat macht, hat einen Traum: Sein Name soll in die Annalen eingehen. Zu diesem Zweck will er eine den Prinzipien der Freimaurerei verpflichtete ideale Stadt errichten. Das fantastische Projekt soll durch die Einnahmen aus dem Verkauf eines bahnbrechenden Medikaments finanziert werden. Doch Leopold hat sich verrechnet ...
Die auf historischen Tatsachen beruhende Geschichte ist ein Musterbeispiel für die Utopien der beginnenden Aufklärung.